監禁

仁賀奈

イースト・プレス

contents

——それは甘く脆《もろ》い、砂糖菓子の檻。

プロローグ　悪夢のような夕暮れ

澄んでいた青空が、次第にオレンジ色に染まっていく。今日は日没前に、邸《やしき》に戻るつもりでいた。しかし、このままでは間に合いそうにない。

最近、付き合い始めた恋人と、デートをした帰り道。

十七歳になったばかりのシャーリー・ブライトウェルは家路を急いでいた。

弟のラルフが、邸で彼女の帰りを待ちわびている。それどころか、不機嫌になっているだろう。ラルフはとても甘えたがりの性格だ。淋しくなるとすぐに拗《す》ねてしまう。

『デート？　僕は連れてってくれないんだ？　それなら帰りにリリー&ジョニーのチョコレートブラウニー買ってきて。嫌って言うなら、ふたりの後ろをつけて邪魔するかもよ』

ラルフは仕方なさそうに譲歩して、お土産を頼んできた。

恋人のロニーと出かけたのは学園に併設された図書館だった。しかし、リクエストのお菓子が売られている店は街の大通り沿いにあり、図書館からは距離がある。それでもシャーリーは、弟の喜ぶ顔が見たくて、わざわざ足を運んだ。

リリー&ジョニーは、夫婦だけで営むこぢんまりとしたケーキ屋だ。人気商品は夕方までに売り切れてしまうことが多い。実はブラウニーを手に入れるために、予定よりも早くデートを切り上げたのは、恋人には内緒だ。

ふと、いつの間にか辺りがいっそう暗くなった気がして、シャーリーは西の空を見やった。太陽が沈むまで僅かな時間しかなさそうだ。これ以上遅い時間になると、ラルフは拗ねるのを通り越して怒ってしまうかもしれない。

「急がないと……」

シャーリーは、牧草地の脇を通る馬車道を早足で歩いていく。

広大なリジェイラ王国のなかでもっとも大きな湖レヴァイア湖。その最北に位置するこの地方は、羊毛産業で栄えた地域だ。マーケットの並ぶ街の大通りは栄えているが、一歩街を出れば広い湖、豊かな森林、緑の牧草地、田園などの長閑《のどか》な風景が広がっている。青く透き通る湖。夏は豊かな緑を、秋には赤や黄色の紅葉を装う森。羊や牛がのんびりと草を食む牧場。穏やかで優しい性格の人々。シャーリーはこの地方のすべてが大好きだった。

家路を行くだけでも、幸せな気持ちになる。無意識に鼻歌を歌ってしまうほどだ。

こうして今は、景色を楽しむ余裕がある。しかし一年前、両親が馬車での落石事故で揃って急死して間もない頃は、淋しくて毎日泣き暮らしていた。時間が経つとともに、笑顔を取り戻せたが、それはすべて、弟のラルフが傍にいてくれたおかげだ。

ラルフとは共に励ましあい、ふたりでも強く生きて行こうと固く誓い合っている。

シャーリーは自分のことよりもラルフを優先して、できうる限り彼の願いを叶えてきた。甘やかし過ぎていることは、自覚している。だが、天使のように優しく思いやりがある弟を誰よりも幸せにしてあげたかった。とはいえ、さすがに恋人とのデートに同伴して行くわけにはいかない。だからせめて、ラルフが欲しがったお菓子は、お土産としてなんとしてでも買って帰りたかったのだ。

「これで少しは、機嫌を直してくれるといいけど」

シャーリーは、赤いリボンで愛らしくラッピングされたチョコレートブラウニーを、大切に抱えて邸に急いだ。

広い牧草地を抜けて、蔦《つた》の生えた灰色の石垣を曲がる。渓流にかかる眼鏡橋を渡って、ようやく邸が近づいてきたとき――。

いきなり目の前が真っ暗になる。

「な、……なに……っ」

背後から布のようなもので瞼《まぶた》を覆われ、後頭部で縛られる。

シャーリーはとっさに逃げ出そうとした。しかし、すぐに腕をひねり上げられて、無理やり引き戻されてしまう。

「……放してっ！」

シャーリーは恐怖に萎縮《いしゅく》した喉から、懸命に声を上げる。だが、この辺りはすべてブライトウェル家の敷地だ。普段から通行人は滅多にいない。そのうえ、去年不慮《ふりょ》の事故で両親を亡くしてからは、多過ぎた使用人たちを半数に減らした。このような時刻では、邸の者が偶然通りかかることもないに等しい。

街から戻るとき、シャーリーはいつもなら辻馬車を使っている。今日は日暮れ前の慌ただしい時間帯だったためか、空き馬車を見つけられずに歩いて帰宅することになった。それが、まさかこんな事態に陥るなんて、思ってもみなかった。

いくら待っても助けは来ない。腹の底が冷えるような感覚がした。怯《おび》えながらも、シャーリーは懸命に抗う。しかし相手は驚くほど力強い。

なにをしても、相手の腕を振りほどくことができない。そのままシャーリーの手が、後ろで縛り上げられてしまう。

「いやっ、……やぁ……」

大人しくしていられるわけもなく、なんとか逃げ出そうと一心不乱に身体をよじる。しかし、服が乱れていくだけで結果は同じだった。

そのとき、とつぜん鈍い痛みが腹部を襲った。

「……うっ……、かはっ……」

目の前で火花が散ったかのような衝撃。一瞬後、シャーリーの意識は深い闇の底へと沈んでいった。

＊＊　＊＊　＊＊

当て身を喰らわされ、意識を失っていたシャーリーは、小さく呻きながら瞼を開く。

しかし、目隠しをされたままで、なにも見えない。

ひどく腕が痺れていた。意識を失う前と変わらず、手首を後ろで固く括りつけられているらしい。手に当たる地面の感触で、芝生《しばふ》のような場所に横たえられていることが解る。

頬にあたる微かな風が、甘い薔薇《ばら》の香りを運んできた。

ここはどこなのだろうか？

辺りの様子を窺うために耳を澄ましたが、風で木々が揺れる音以外はなにも聞こえない。シンと静まり返っている。これではなにも解らない。

「……はぁ……、はぁ……っ」

シャーリーは身体を起こそうとした。しかし、気を失う寸前に殴られた腹部が痛み、同時に嘔吐感《おうとかん》が込み上げてくる。口を引き結び、それを無理やり堪えた。

「うっ……、く……ンンッ」

足は自由に動く。このまま立ち上がって駆け出せば、人のいる場所に出られるかもしれない。

シャーリーは一縷《いちる》の望みをかけて、立ち上がろうとした。すると、とつぜん腕が摑まれ無理やり地面に押し戻されてしまう。

「……あっ、や、……やぁ……っ」

力ずくでねじ伏せられるまでは気づかなかったが、自分を攫った人物は目の前にいたらしい。

「誰……っ、誰なの……」

ゾッと身体に震えが走る。ブライトウェルは公爵家だ。両親の死後家督《かとく》は弟が継いでいて、莫大《ばくだい》な資産がある。もしやシャーリーを誘拐して身代金を得ようとしている者なのだろうか？

今、ブライトウェル家の資産は、当主となった双子の弟のラルフが管理していた。彼はとても優秀だが、年齢にしては幼い性格をしている。特に唯一の家族であるシャーリーのことになると、冷静さを欠いて、激しく動揺してしまう。シャーリーが誘拐されたと知ったら、なにをするか解らない。

弟と家のためにも、自分ひとりの力で窮地《きゅうち》を脱さなくてはならない。

裕福な家の娘ではないと嘘を吐いて誤魔化《ごまか》せば、諦めてくれるだろうか？

けれど、そう言いたいのに、恐ろしさからガタガタ身体が震えて言葉を発することができなかった。ただ懸命に、身を捩《よじ》るだけで精一杯だ。

「く……っ……、ん……っ」

自分にのしかかっている相手は、大きくて力強い。男であるにちがいない。

こちらはか弱い女でしかない。抵抗しても無駄と解っていても、このまま大人しくしてなどいられなかった。

シャーリーはジリジリと後ろに下がって、男と間合いを取ろうとする。

——しかし、いきなり胸倉《むなぐら》が摑まれた。

「……ひ……っ、ぃやぁ……っ」

声を上げて、足をばたつかせる。だが無情にも、ボレロの上着を裂かれる音が耳に届いた。引き裂かれた上着の隙間から露わになったコルセットの紐《ひも》も、すぐにブチブチと切られていくのが伝わってくる。

「……ラルフッ。……助けて……っ」

悲痛な声を上げたとき——。

微かに相手の男が怯《ひる》んだ気がした。

第一章　ままごと蜜月《みつげつ》

心地よい温もりがナイトガウン越しに伝わってくる。それがシャーリーの、いつもと変わらない朝だ。

「鴨《かも》のロースト……、おいしい……」

ぼんやりと呟く青年の声が、間近から聞こえた。今までの経験から危険と判断したシャーリーは、慌てて逃げようとする。だが、起きたばかりで、うまく回避できない。

結局、シャーリーの透けるように白いうなじは、寝ぼけた双子の弟の餌食《えじき》になってしまうのだった。

「やっ！」

彼は形の良い唇を大きく開いて、ぱくりとうなじを咥《くわ》え込むだけでなく、しっかり歯まで立ててくる。

「い、痛いっ。ラルフ。私は食べ物じゃないってば……」

シャーリーの眠気は、一気に吹き飛んでしまった。首筋を噛《か》まれた痛みから、泣きそうに顔を歪める。悲痛な声で訴えてもラルフは目覚めない。それどころか、今度は強く吸い上げられてしまった。

「んっ、……もっと……食べていい？」

痛いぐらいの吸い上げに、今度は肌が総毛立つ。

「だめ。それは食べちゃだめよ。ラルフ起きて！」

ラルフの背中をバシバシと叩くと、やっと首筋を吸う力が緩んだ。

「ん……」

その隙に、シャーリーは弟の胸を押して身体を離した。

「もうっ！　なんてことするの。痛いじゃない」

噛まれていた場所がジクジクと痛む。涙目になりながらラルフを睨《にら》んだ。しかし、ラルフが頭を起こして眠そうに目を擦っている姿を見ていると、怒る気も削がれてしまう。

「……ふわぁ……」

暢気にあくびをしているラルフの姿に、さらに脱力感を覚えた。

「もういい。仕方のない子ね」

実は朝が弱いのはシャーリーも同じだ。今日は珍しく簡単に起きられたが、自分が寝坊してしまうことも多い。迷惑をかけるのはお互い様だ。今さら怒っても仕方がなかった。

それに、叱るべきことは、他にもある。

「また勝手に私のベッドに潜り込んできたの？　もう子供じゃないんだから、だめだって言っているのに」

十七歳にもなって姉弟で一緒に眠っているなんて、人に知られたら笑われるだろう。いい加減にやめさせなければと考え、シャーリーはラルフを窘《たしな》める。だが、まだ眠そうにしているラルフは、まったく話を聞いていない様子だ。

「もう少し……、寝る……おやすみ」

それどころか、リネンを頭まで被って睡眠を貪《むさぼ》ろうとする。

「だめだってば。始業時間に間に合わなくなる。ほら、顔を洗って」

ラルフはふわふわとした金髪に澄んだ青い瞳を持っている。一方で、シャーリーは豊かな鳶《とび》色の髪に深緑色の瞳をしていた。シャーリーとは二卵性の双子のためか、まったく容姿は似ていない。街でラルフと一緒に歩いていると、恋人同士に見られてしまうぐらいだ。似ているところを探すとすれば、透けるように色が白く、睫毛《まつげ》が長いところぐらいだろうか。これはきっと母譲りのものだ。

ラルフはまるで、神に愛された寵児《ちょうじ》ではないかと思うほど、整った顔立ちをしている。高い鼻梁《びりょう》、切れ長の美しい瞳、薄い唇はいつも微笑みを湛えていた。身長はいつの間にか見上げるぐらい高くなっている。だが独り寝が大嫌いで、シャーリーのベッドに潜り込む幼子のようなクセは昔から変わらない。

おはようのキスを強請《ねだ》られ、頬に口づけると、ラルフはやっとのろのろと起きだした。

ラルフが顔を洗っている間に、シャーリーも着替えた。布地はシックなチョコレート色で薔薇の模様が描かれた天鵞絨《ビロード》仕立てのものだ。袖《そで》のふんわりとしたボレロがついている。胸でシフォンのリボンを結び終わった頃、ラルフが化粧室から出てこないことに気づいた。

「もしかして……」

シャーリーが慌てて化粧室に飛び込むと、鏡台《きょうだい》の下に蹲《うずくま》って熟睡しているラルフを見つけた。

「ラルフ起きてっ。一度起きたはずなのに、どうして、また眠ろうとするのよ」

ガクガクと揺さぶると、ラルフの腕がゆっくりと背中に回された。

「……んん……。キスしてくれたら……起きてもいい……よ?」

ラルフが顔を上げて、薄く開いた唇を近づけてくる。トクリと胸が竦《すく》んで、シャーリーは思わず息を飲んだ。実の弟を前に動揺するなんて、どうかしている。

「さっきもしたじゃない。……仕方のない子ね」

緊張から身体が強張《こわば》りそうになった。だが、平静を装ってラルフの頬にチュッと挨拶のキスをする。

「おはよう、ラルフ。……これで気が済んだ？」

シャーリーが口づけると、ラルフは艶《なま》めかしい表情でこちらを見つめてきた。

「頬じゃなくて、こっちがいいな」

唇を重ねられ、柔らかな感触に頭のなかが真っ白になる。

「な……、な……っ」

驚きのあまり、なにをされたのかしばらくの間理解できなかった。だが遅れて気がついた。初めての口づけを奪われたのだということに。

「なにするのっ！　ラルフッ」

ラルフは最近学園一の美少女と付き合っていると噂されている。もしかしたら噂は真実で、シャーリーをその相手と間違ったのかもしれない。

そう思うと瞳が潤みそうになった。

「もうっ！　いくら寝ぼけてるからって、私にキスしないでっ」

大声を上げることでシャーリーは平静を保とうとした。だが、小刻みに指先が震えてしまう。口づけられたことよりも、なぜか、他の人と間違われたことが辛く思えた。

年頃の弟に恋人ができるのは当然だ。いつまでもふたりでいられるわけがない。

ラルフの成長を淋しいと思うのは間違っている。姉である自分がこんなことで動揺するべきではない。

シャーリーは、心のなかで「平気だ」と自分に言い聞かせた。

「……寝ぼけてなかったら、弟にキスされてもいいんだ？」

やっと目覚めたのか、ラルフはパチリと目を開くと、そう言って片眉を上げてみせる。

「実は、姉さんの舌って、一度吸ってみたかったんだよね。姉弟でも気持ちよくなれるか試してみようよ。ほら、こっち向いて。あーんして」

ラルフはニヤニヤと人の悪い笑みを浮かべていた。からかわれているのだと、瞬時に気づく。

「起きたのなら寝言はやめて。早く顔を洗って。もうっ、すぐに人をからかうんだから」

羞恥《しゅうち》と怒りでカッと顔が熱くなる。先ほど奪われたのは、シャーリーのファーストキスだったのに。あまりの扱いの軽さに腹が立ってくる。だが、ラルフにとって姉弟のキスはキスのうちには入らないのかもしれない。きっとそうだろう。

シャーリーは内心、混乱を極めていた。だが、騒げばいっそうラルフを楽しませるだけだ。だから懸命に堪えて、冷静を装っていた。

ここでうろたえては、姉としてのプライドがボロボロにされてしまう。

「まったく。あなたってば、いったいどんな寝相で寝てたの？　こんなにも髪が乱れてる。優等生がだいなしね」

話を逸らそうと、シャーリーはラルフのもつれた金髪を指で梳《す》く。ふわふわとしていて、ずっとこうしていたくなる。

「ん。気持ちいいな。もっとして」

ラルフは気持ちよさそうに、目を細めてみせた。

まるで猫みたいだ。そんな姿すらかわいらしくて、シャーリーは胸のときめきをとめられない。

「かわ……」

思わず『かわいい』と、声を出しそうになるのを、寸前で飲み込む。

「……っ！　これぐらい自分でやって」

シャーリーは戸惑いを隠すために、わざと思いっきり髪を引っ張った。

「そんなに引っ張ったら、痛いってば」

彼が頭を庇って俯《うつむ》いた隙に、シャーリーはぷいっと顔を逸らして化粧室を出た。

後ろから人の悪い笑い声が聞こえてくる。

「あははは。初心《うぶ》なシャーリーで遊ぶのは面白いな。あんなに顔が真っ赤になる子なんて、他にいないと思う」

姉を翻弄《ほんろう》するなんて最低だ。やっぱり先ほど舌を吸おうとしたことも本気ではなかったのだろう。当然だ。姉弟の関係で快楽を求めてキスをするなんて馬鹿げている。神を冒瀆《ぼうとく》する行為だ。

「次に私をからかったら、今度こそ怒るから」

ラルフを叱責《しっせき》しながらも、シャーリーは彼のためにクローゼットから制服を取り出す。

「早く着替えて。食事する時間がなくなってしまう」

「うん。解った」

化粧室を出てきたラルフは、シャーリーの存在を気にすることなく、いきなりパジャマを脱ぎ捨て始める。

「きゃあっ！　いきなり脱がないで」

慌てて背中を向けると、不思議そうにラルフが尋ねてくる。

「なにを今さら。恥ずかしがるような間柄じゃないのに」

幼い頃から一緒に大きくなった姉弟なのだから、ラルフが不思議がるのも当然かもしれない。だが、互いに成長するにつれ、シャーリーはこういった状況になると、落ち着かなくなってしまっていた。

「親しい仲だからこそ、礼儀が必要でしょう?」

ラルフの長い手足や、引き締まった胸板。そして固い喉仏を見せられると、心臓が高鳴って息が苦しくなってしまうのだ。実の弟だというのに、まるで異性を前にしているような気分になる。こんな風に動揺するのはおかしい。解っていても、冷静にはなれない。

「面白い冗談。シャーリーなんて、鏡を見るのと同じだよ」

人の気も知らないで、ラルフは気軽にそう言ってのける。シャーリーはといえば彼の声に交じって耳に届く衣擦れの音にすら狼狽《ろうばい》して、息が乱れそうになっていた。

これは思春期特有の心の揺らぎなのだろうか。誰かに尋ねたくても、こんなことは誰にも相談できない。実の弟に心乱されているなんて、言えるわけがない。もしも両親が生きていたとしても、告白できなかっただろう。

「……もう……」

自分自身が解らなくて苦しい。

シャーリーがそっと溜息を吐いたとき、背後からいきなり腕が回される。

「きゃっ！」

押し当てられた固い胸の感触に、ビクリと身体が引き攣《つ》る。鍛えられた男の身体だ。それに身長もラルフの方がずっと高い。幼い頃はラルフの方が小柄なぐらいだったのに、今は、ラルフの顎がシャーリーの頭にのせられてしまうほどだ。いつの間にこんなにも体格差がついてしまったのだろうか。

「シャーリー」

熱い吐息とともに、耳元で名前を囁《ささや》かれる。

「……な、なによ」

ラルフがクスリと笑う吐息が伝わってきて、ますます居たたまれなくなってしまった。

「シャツを羽織ったから、ボタンをとめて」

彼はだらしなくはだけた燕尾服《テイルコート》姿で、まるで王子様のように頼んでくる。

なんでも器用にこなすラルフが、身支度を整えることだけは苦手だった。そのため昔から、シャーリーが彼の着替えを手伝っていた。おかげでラルフは、ひとりで着替えられないまま成長してしまったのだ。もう十七歳になっているのに、彼はボタンを留めたりタイを結んだりすることができないままだ。

シャーリーが、『大人になったのだから自分でやるようにして』と言っても、ラルフは自分ひとりで着替えようとしない。もしもどちらかが結婚して、一緒にいられなくなったら、どうするつもりなのかと心配になってしまう。

「鉤針編《クロッシェ》みが見よう見まねで私よりうまくできるのに、どうして着替えができないの？」

幼い頃、シャーリーが母に教えてもらいながら必死に練習してようやくできるようになった鉤針編《クロッシェ》みを、ラルフは横で見ているだけで、できるようになってしまった。そして、驚愕するほど美しいテーブルクロスをたった数日でつくってしまったのだ。あのときは、悔しさに声も出なかったぐらいだ。それなのに、なぜ着替えぐらいのことが自分でできないのか……と、呆れてしまう。

「さあ？　どうしてできないのか解明してくれたら、僕も着替えられるようになるんじゃないかな？　その前に、今日の授業には遅刻するだろうけど。あはは」

「もうっ。少しぐらい学習意欲ってものはないの？」

ラルフの腕を振りほどき、仕方なく着替えを手伝う。ここで文句を言うのは諦めた。いくら言ってもラルフは自分で着替えようとしない。このままだと彼の言った通り、遅刻して周りに迷惑をかけるだけだ。

「いい加減、ボタンぐらい自分で留められるようになって欲しいわ」

将来への心配から溜息を吐く。

「必要ないよ。僕の傍にはずっとシャーリーがいるんだから」

楽観的に言うと、ラルフはチェーンをクリップでボタンに留めて、懐中時計をポケットにいれた。クリップが使えるなら、着替えぐらい簡単なはずだ。

呆れながら見ていると、甘えるように微笑んでくる。

「そうだろ？　姉さん」

都合のいいときだけ姉呼ばわりする。呆れた根性だ。しかしラルフは、シャーリーが甘えられることに弱いのを見越しているらしい。

「仕方のない子ね」

放っておくわけにもいかず、結局ラルフの着替えを終わらせた。シャーリーが一息ついていると、寝坊した挙句に手間をかけさせたくせに、シャーリーを急かしてくる。

「ほら、早く食事をして学校に行こうよ」

シャーリーは弟の身勝手さに軽く憤慨しながらも、彼に続いて食堂へと向かった。

ふたりが通っているのは寄宿学校《パブリックスクール》であるローレル・カレッジだ。本来なら生徒は皆、併設されている寄宿舎に住まなければならない。だが、弟のラルフが寄宿舎に入るのはどうしても嫌だと我が儘《わがまま》を言ったのだ。そのため、学園の理事に無理を言って許可をもらい、邸から通学していた。これは異例中の異例。過去にも例がない事例だ。

ローレル・カレッジはブライトウェル家の領地にある。そのうえ、創設時に巨額の寄付をしてそれが今も続いているため、特別な扱いを受けさせてもらえるのだという。シャーリーは学園のことをなにも知らなかった。しかし嫡子《ちゃくし》であるラルフは、父が生きていた頃に、ローレル・カレッジの成り立ちを聞いていたらしい。

伝統のある寄宿学校《パブリックスクール》は、昔から優秀な男子のみを受け入れていた。だが、去年着任した理事長が、入学試験で上位の成績を収めた女生徒の受け入れを始め、シャーリーもローレル・カレッジへの入学を許可されたのだ。

それでも全校生徒六百人のなかで、女生徒は十人ほどだ。まだまだ女性が勉学を受ける体制は整っておらず、専用の寄宿舎もない。だから、女生徒は自分の家や下宿先から学園に通うことになっている。

もしかしたらラルフは、シャーリーと離ればなれになるのが嫌で、寄宿舎住まいを拒絶したのかもしれなかった。確かに、ひとりで着替えもできないのに、身の回りのことをすべて自分でしなければならない寄宿学校《パブリックスクール》での生活はずいぶんと不自由だろう。

食堂に辿り着き、テーブルに着席したシャーリーは、思わず笑ってしまう。

「ねえ。なにひとりで笑ってるの？　なんか気持ち悪いよ」

給仕に紅茶を注いでもらいながら、ラルフが怪訝そうに尋ねてくる。

「あなたが寄宿舎に入っていたら、ひとりで着替えもできないから、大変だっただろうなと思って」

正直に答えると、ラルフは唇を尖らせた。

「人が困難に陥っている状況を勝手に想像して笑うなんて、趣味がよくない。最低だよ」

確かにその通りだ。

「ごめんなさい。……つい」

謝罪しながらも、シャーリーは頬が緩むのをとめられなかった。

「まったくひどいよ」

ふて腐れるラルフだったが、メイドがパンケーキを運んでくると途端に目を輝かせた。

「やったね。おいしそう」

まるで子供みたいだ。シャーリーは苦笑いした。

「いつの間にそんなものを頼んでいたの？　それともバーナードが気を利かせた？」

ふと周りを見ると、いつも朝に挨拶しに来るはずの家令の姿がないことに気がついた。

「あら。そういえば、バーナードは？」

所在をメイドに尋ねると、家令は、病気の父を見舞うために実家に帰っていて、今日の夕方まで不在だという話が返される。

「そうだったわね。昨日からお休みだったのだわ」

　家令のバーナード・ストロングはこの邸に二十年以上勤めてくれている。勤勉で真面目な上にとても厳しい人物だ。笑っているところもほとんど見たことがない。

　だがそれでも、普段の彼からすればラルフとシャーリーへの対応は穏やかな方なのだという。メイドにその話を聞いたときは驚いたものだ。おそらく雇い主であるからなのだろうが、あの無愛想で穏やかだというなら、普段はどれだけ恐ろしいのだろうか。

「シャーリーってば、わざわざ自分で見舞いの品まで用意してたくせに、忘れたっていうの？　なんだか、変なの」

「ごめんなさい。なんだか朝はいつも頭がぼうっとしてしまって……」

　シャーリーは言い訳をする。昔はこれほどひどくなかったはずなのだが、いつしか朝がなかなか起きられなくなってしまったのだ。ラルフに追いつきたくて、夜も勉強しているせいで身体が疲れているのだろうか？　そんなことを考えていると、給仕から、バーナードがシャーリーからの見舞いの品をとても喜んでいたことを伝えられた。

　普通の雇い主は、使用人の家族にまではそんなに気を遣わないものらしい。

「ひいきはいさかいの種になると思うな。シャーリーがそうやってバーナードだけ特別扱いすると、他の使用人が嫉妬《しっと》するんじゃないかな」

「え？」

意味が解らずに首を傾げると、給仕は気まずそうにそそくさと部屋を出ていく。その様子をラルフはどこか冷たい笑顔で見つめていた。

「なんのこと？」

「さあ、なんのことだろうね？」

思考がうまく纏《まと》まらないときに謎かけなどしないで欲しかった。仕方なく後で考えることに決める。それよりも今は朝食が先だ。シャーリーは自分の紅茶を啜《すす》ると、芥子《けし》の実のついたライ麦パンを小さく千切り、口に運び始めた。焼きたてのパンは、香ばしくてとてもおいしい。

「シャーリーもパンケーキにすればいいのに」

こちらの様子を眺めながら、ラルフは首を傾げている。

「いやよ。甘いものばかり食べていたら、太ってしまうわ」

「ええ!?　こんなにおいしいのに、もったいないな」

そう言って、ラルフは唇についた甘いシロップを赤い舌で舐めとった。気がつくと、シャーリーはパンケーキに舌鼓《したつづみ》を打つラルフに見惚《みほ》れてしまっていた。

ふわふわとカールした金髪、深い海の底を思わせるような青い瞳。スッと整った眉と高い鼻梁、いつも甘い笑みを浮かべる唇。まだ幼さの残る細い顎《あご》のライン。

寄宿学校《パブリックスクール》の制服である燕尾服《テイルコート》のトラウザーズは彼が優秀な生徒だということが一見して解るグレーの千鳥格子《ちどりごうし》のもの。それにウィングカラーのシャツを羽織って、胸には蝶ネクタイ《ボウタイ》を結んでいた。足には艶やかな黒革の紐靴を履いている。一般の学生はピンストライプのトラウザーズを穿《は》き、襟《えり》なしのシャツを着て、付け襟をして小さく結んだタイをする決まりだ。

ラルフはそのうえ、ウエストコートも一般的な黒ではなく自由に選べる立場にある。すべての特権を持った優等生の着こなしが許されているのだ。しかし困ったことに、彼は仕立屋に頼んで、シャーリーが通学用につくってもらった何着かの衣装とまったく同じ生地でウエストコートをつくらせた。当初は揃いの生地の服で登校することも多かったせいか、ふたりは姉弟ではなくカップルのように見られていたらしい。一度クラスメイトにからかわれてからは、彼と柄が重ならないように毎日気を遣って選ぶようにしていた。

シャーリーへの依存度が高過ぎるものの、誰もが見惚れるほど麗しく、しかも同性である男子生徒ですら憧れを抱くほど優秀。それがラルフだった。

彼と血が繋がっていることは誇らしい。シャーリーはそう思うべきなのだ。

それなのに——。

先ほどのように、ふとした拍子に胸がざわついたり、痛くなってしまったりする。

だが、理由が思いつかない。

シャーリーがつい考え込んでしまっていると、怪訝そうな声が聞こえてきた。

「どうしたんだよ。なんだかぼんやりしてる」

「え？　ああ。ごめんなさい」

まさか実の弟に見惚れていたなどと言えるわけがない。シャーリーは慌てて誤魔化した。

「こんな季節外れに、同じクラスに転校生がくるっていう噂だから、どんな人なのかと思って」

九月に新学年が始まったばかりで、今はまだ十月だ。転校生が来るような時期ではないだろう。シャーリーの問いにラルフは首を傾げる。

「知りたいなら教えてあげるけど？　ルゼドスキー子爵のひとり息子だよ。成績は平均値よりも少し上、苦手教科なし、得意なのはピアノ。品行方正で通《とお》っていたのに、友人と羽目を外し過ぎて前の学校を一週間の停学。腹を立てた父親に命じられて寄宿学校《パブリックスクール》に転校。

――まあ、なにも面白い話はないかな」

詳し過ぎる内容を、ラルフは流れるような口調で説明した。教職員しか知らないような情報を、なぜラルフが知っているのだろうか。シャーリーは訝しく思って尋ねる。

「どうしてあなたがそんなことを知っているの？」

「我が親愛なるアンダーソン先生と僕は、隠しごとを一切しない仲なんだよ。知らなかった？」

アンダーソンとは、ローレル・カレッジの教師のことだ。すぐに生徒の顔色を窺うようなとても気が小さい性格をしている。どうやら、それをいいことに、ラルフは様々な情報を聞き出しているらしかった。

ラルフは優等生にして、クラスの生徒たちの心を完全に掌握《しょうあく》している。アンダーソンはそんな彼の機嫌を損ねられず、言いなりになっているのだろう。

「そんな言い方してもだめ。二度と先生を困らせないって約束して」

シャーリーが叱責する。だが、ラルフは聞く耳を持たない。

「持ちつ持たれつだってば。困らせるどころか、手伝いばかりさせられて、こっちが迷惑しているっていうのに」

「ラルフ」

名前を呼んで窘めると、ラルフは肩をすくめた。

「イエス・サー。……はいはい。大人しく上官殿に従えばいいんだろ。シャーリーは生真面目過ぎるよ」

軍人の真似事をして手だけ敬礼してみせると、ラルフは席を立つ。どうやらもう食事を終えたらしい。

「でも、そっちこそ急がないと。遅刻して大好きな先生たちを困らせることになるよ。優等生のシャーリー・ブライトウェル」

わざとフルネームで呼んでみせると、ラルフは赤い舌をのぞかせた。まるでいたずらをして人を困らせる少年のような態度だ。

「先生に迷惑をかけてはいけないのは当然のことじゃない」

シャーリーは食事を中断して席を立った。このまま食事を続けていては、ラルフの言うように遅刻することになる。

「いつも僕に迷惑をかける先生に、少しぐらい見返りを求めるのだって当然だ。肩代わりしてやってばかりだと、気を遣わせるってものだよ」

確かにあの気の弱い先生では、クラスを統率しているラルフが助けなければ、授業が思うように進まないだろう。

「だからって……」

シャーリーの責める視線から逃れるように、彼は背を向けてしまう。

「ラルフ。まだ話は終わってないのに……」

「僕はこの件について、もう話すことはないからね」

悪びれる様子もなくラルフは化粧室に行って歯磨きをすると口を漱《すす》ぐ。そして自分が使ったタオルを、後からやってきたシャーリーに押しつけた。

自分の使用後のタオルをシャーリーにも使えということなのだろうか。

「……っ！」

それとも、たまたま邪魔になって押しつけただけなのだろうか？

意味を計りかねて、思わず硬直した。

「どうかした？」

「なんでもない。ラルフは先に馬車に行って待ってて」

ラルフを化粧室から追い出して、シャーリーは彼と同じように歯を磨く。そして、彼から手渡されたタオルで、そっと濡れた唇を拭《ふ》いた。

指先が微かに震えていた。気恥ずかしさに頬が熱くなっていく。

ラルフは実の弟。

恥ずかしくなんてない。同じタオルを使うぐらいは普通だ。自分への言い訳を、心のなかでなんども繰り返す。

水滴なんてもう拭《ぬぐ》い去ってしまったのに、柔らかなタオルの感触を手放せずにいると、後ろから声がかけられた。

「シャーリー。……まだ行かないの？　早くしないと遅刻するって」

ラルフは、ずっと後ろで待っていたらしい。

シャーリーは真っ赤になって、目を見開く。すると、首を傾げたラルフが、怪訝そうにこちらに近づいてきた。

「ん？　なんだか顔が赤いね。もしかして、熱でもある？」

彼は心配してくれているのだろう。シャーリーの顔を覗き込んできて、さらに額を押しつけてくる。

「大丈夫だから……っ」

シャーリーは弾かれるように顔を離した。ラルフはムッとした様子で、言い返す。

「たったひとりの家族を心配するのはいけないことなの？」

気遣ってくれるのは嬉しい。だが、シャーリーは病気ではない。だからこれ以上、その麗しい顔を、無防備に近づけないで欲しかった。

「そんなこと言ってない。大丈夫だから、そう言っただけ」

「ああそう。もういいよ」

片眉を上げて呟くと、ラルフはいきなりシャーリーの身体を抱き上げようとする。

なってくる。

「なにをするつもり!?」

シャーリーは、目を丸くして声を上げた。心臓が壊れそうなほど高鳴ってしまう。お願いだから、今すぐやめて欲しかった。こんなことをされたら、いっそう顔が赤くなってくる。

「これ以上体を壊さないように、せめて抱いていってあげようかと思って」

ラルフがニヤリといたずらな笑みを返してきた。

「自分の足で歩けるわ。病気じゃないのよ」

「だったら、新婚夫婦の花嫁にでもなったつもりで、僕に運ばれたらいいよ。ほら、早く行こう、遅刻するよ」

笑えない冗談はやめて欲しかった。ラルフはなにも知らないから、そんなことが言えるのだ。シャーリーは不可思議な感情に戸惑い、このところ毎日、どうしていいか解らないでいる。これ以上は、動揺を煽らないで欲しかった。

「実の弟を相手に、そんな気分になれるわけないわ。離して」

嘘だ。本当はもっと抱きしめて欲しくて堪らない。この言葉は、自分にそうあるべきだと言い聞かせているものだ。

「ふぅん。つまらないな」

ラルフはパッと手を離してシャーリーをおろすと、頭の後ろで手を組んで、拗ねた様子で先を歩く。

「早くおいでよ、シャーリー」

確かにこのままでは本当に遅刻してしまう。シャーリーはメイドから昼食のバスケットを受け取ると、ラルフの後を追って馬車に向かった。

＊＊　＊＊　＊＊

ふたりの通うローレル・カレッジは、生徒数が六百人で、貴族階級や富豪の嫡子など裕福な家庭の者が多い。成績の優秀な者は奨学金を受けることができるため、市井《しせい》の者も在籍しているが、その数は少ない。

リジェイラ王国には昔から、淑女《しゅくじょ》は家にいるものだという風潮があり、女性が外で働いたり勉学に励んだりする行為を好まない、古い考え方の人間が多い。勉強をしたい女性は、家庭教師を雇うか、図書館で独学するしかなかった。

そのなかで、ローレル・カレッジは、女子にも門戸《もんこ》を開いた、この国唯一の学園である。だが、入学には厳しい審査と試験があった。在籍している女生徒は十人ほどだ。

シャーリーは数少ない女生徒同士仲良くしたいと考えていたが、クラスも違う上に、女生徒には寄宿舎もない。そのため、まったくと言っていいほど接点がなかった。

しかし、まったく接点がないはずの女生徒たちと、双子の弟であるラルフは、あっという間に仲良くなっている。

今日も、学園の玄関前にふたりを乗せた馬車が到着すると、数人の女生徒が待ち構えていた。

「おはようございます。ラルフ様」

馬車のタラップをおりるラルフを、彼女たちはキラキラとした眼差しで見上げていた。

「うん。おはよう」

まるで夢の国の王子を相手にするような出迎えぶりだ。

彼女たちは、シャーリーにも愛想で笑顔を向けてくれるが、すぐに背を向けてしまう。

内心まったく関心がないことは、その態度から明らかだった。

無駄な時間を使う必要もない。シャーリーは軽くを会釈《えしゃく》すると、ラルフと彼女たちを置いて、自分の教室に向かっていく。

クラスは、ラルフと同じだ。始業時間のベルが鳴る前には彼も辿り着けるだろう。

高窓から眩しい日差しが燦々《さんさん》と降り注ぐ長い廊下を歩き、教室へと向かう。

古めかしい花鳥文様の彫刻が施された扉を開くと、クラスメイトたちが一斉にこちらを振り返った。

教室内は教壇が一番前にあり、階段式に後ろにいくほど高くなっている。

そんななかで、室内に並ぶ長机に座って勉強している者、友達たちと輪になって談笑している者、机に伏せて眠りを貪っていた者、その全員がシャーリーを見つめていた。

シャーリーは、毎朝のこの瞬間が苦手で仕方がなかった。数少ない女生徒であり、クラスでただひとりの女生徒だ。注目を浴びるのは仕方がないと解っている。だが、シャーリーが入学して一年も経つのだから、いい加減に好奇の眼差しを向けてくるのはやめて欲しかった。

溜息を吐きそうになりながらも、気にしていない様子を装い笑顔を浮かべる。

「おはようございます」

挨拶をして、いつも座っている一番後ろの窓際に向かった。座席は決まっていないので、好きな場所で構わない。だが、シャーリーはいつもここに座っている。

一番後ろの席なら、授業中は他の生徒の視線を感じない。それにこの学園は、田園を抜けた先の高台に建てられているので、窓際にいれば、レヴァイア湖や牧場、それに遠くの山々などの素晴らしい景色を一望できる。せっかくの風景を堪能しないのはもったいない気がした。

　そうして席に着いてすぐ、前の席を陣取っていた赤髪の青年が後ろを振り返ってくる。

「シャーリー。私の女神。今日もその麗しい笑顔で、私を虜《とりこ》にする気か」

　冗談を言っているようにしか聞こえない。だが、驚くべきことに、彼はいたって本気だ。

「クレイブ、今日も元気そうでなによりね」

　赤髪の青年の名はクレイブ・ハザウェイ。茶褐色の瞳をしていて背が高く、屈強揃いの王室騎兵たちのような筋肉質な体格をしている。口調は軽くとも気品が備わっているため、人を傅かせるような迫力がある。それもそのはず、彼は国王の甥にあたるらしい。

　王位継承権第三位の王族である彼は、本来ならば城内で専任の家庭教師に学ぶのが妥当な立場にある。だが、見識を広めるために、わざわざ寄宿学校《パブリックスクール》を進学先に選んだのだという。貴族の子息たちも、同じような理由で入学する者は多い。

　クレイブは入学したその日に、同じクラスになったシャーリーを気に入ったらしく、甘い言葉で口説いてきた。そして困ったことに、毎日飽きもせずにそれを繰り返してくる。

「元気になるのは当然だな。教室に入って一番にお前の顔を見られた」

　クレイブはシャーリーがやって来る前から、室内にいたはずだ。つまり、一番に顔を見たわけではなく、他の生徒たちをずっと視界に入れなかっただけということになる。

「相変わらず身勝手な人」

「そこが魅力なんだろう。ようやく私の素晴らしさが解ってきたか。ならば、そろそろ結婚するべきだとは思わないか。いつでも歓迎だぞ。明日にでも式を挙げてやってもいい」

尊大な物言いをして、クレイブはニヤリと笑った。

シャーリーは褒めたつもりはない。呆れているだけだ。

「学生の本分は勉強よ。もうすぐテストがあるんだから、あなたもバカなことを言ってないで勉強したらどう？」

深く溜息を吐いて忠告すると、彼は肩をすくめてみせた。

「男の甲斐性《かいしょう》は、女をどれだけ幸せにしてやれるかだろう。解ったなら抱かせろ。男の身体に躊躇《ためら》いがあるのか？　心配しなくても、最初は優しくしてやるぞ。こう見えても、私は紳士だからな」

そして、シャーリーの手をぎゅっと握ってくる。今まで口説かれはしていたものの、身体に触れられたのは初めてだった。大きな温かい掌に包み込まれ、思わず目を瞠《みは》る。

「ふん。思った通り、処女か。いいな。……お前なら、自分から誘えるようになるまで、たっぷり仕込んでやるのも悪くない」

クレイブの指が、そっとシャーリーの手の甲をなぞったとき——。

いきなり隣の椅子を引く音が聞こえた。

「楽しそうだね。なんの話をしているの？　よかったら僕にも聞かせてよ」

現れたのはラルフだった。玄関で女生徒たちに囲まれていたのだが、始業前になったので解放されたらしい。

シャーリーは、思わず摑まれていた手を振り払ってしまう。クレイブとの仲をラルフに誤解されたくなかったからだ。すると、クレイブは冷ややかな眼差しをこちらに向けて、固く唇を結んだ。

あまりの視線の強さに、ゾッと血の気が引いた。

「ごめんね。もしかして邪魔だった？」

ラルフは申し訳なさそうに首を傾げる。

「別に、そんなんじゃ……」

俯きながら口籠るシャーリーの言葉を遮り、クレイブが声を上げた。

「もちろん邪魔だ。見て解らないのか、場の雰囲気が読めない奴だな」

シャーリーとの間になにか親密な会話でもあったかのような言い草だ。やめて欲しかった。一方的に淫《みだ》らな誘いをかけられていただけだ。迷惑しているぐらいなのに。

「クレイブ！　これ以上ラルフに変なことを言うようなら、私は二度とあなたと口を利かないから」

シャーリーは彼を睨みつけて言い放つ。するとクレイブは、ばつが悪そうな表情で舌打ちした。

「ふん。相手がラルフじゃなければ、なにを言っても構わないというわけか」

シャーリーの身体がギクリと強張る。ラルフに誤解されたくなくて、つい声を荒立ててしまった。その気持ちを気づかれたくなくて、必死に冷静を装う。

「そうじゃなくて……、私は誰に対しても、変なことを言わないで欲しいだけ」

ツンと顔を逸らして言い放った。息が乱れるのはなんとか堪えられたが、シャーリーの心臓は壊れそうなほど高鳴っていた。教室が静まり返っていたら、近くにいるふたりには聞こえていたかもしれない。

「私は変なことなんて言っていないだろう。結婚してやるから、卒業したら王宮に来いと誘ってやっているだけだ」

クレイブの言葉を聞いたラルフは、感心した様子で頷く。

「へえ。凄いね。もしもそれが叶ったら、シャーリーは王妃になる可能性だってあるわけだ」

国王と親類関係になれることは、貴族にとってなによりも栄誉なことだ。家のためにもなる。しかし、シャーリーにとって結婚とは愛し合ってするものだ。名誉など関係ない。

「お前の弟も、こう言っている。悪い話じゃないと解ったか？　……もしも男が怖いなら、今からゆっくり教えてやると言っているんだ。だから、逃げるなよ」

ふたたび、手を握られそうになるが、シャーリーはまたクレイブの手を振り払ってしまう。

「いやっ」

男性の欲望が自分に向けられていることがひどく恐ろしかった。シャーリーはガタガタと震え始める。すると、静観していたラルフが、シャーリーの肩を引き寄せてクレイブを窘めた。

「悪いけど、うちの姉さんは王宮に出入りしている女性たちと違って、とっても初心《うぶ》なんだよね。口説くのは勝手だけど、無理強いはやめて欲しいんだ」

普段は穏やかなラルフが、これだけは譲れないとばかりにクレイブを叱責する。その声が教室中に響いたせいで、辺りにいた生徒たちは驚いた様子でこちらを振り返る。

恐る恐るクレイブを窺った。彼は忌々しそうにこちらを見つめていた。

「ちっ！」

シャーリーは思わず、ラルフの腕にぎゅっとしがみつく。

「まあいい。……シャーリー。卒業までに、必ずお前を私のものにする。それだけは覚えておけ」

苛立ち交じりに告げてくるクレイブの言葉に、シャーリーは戦慄《せんりつ》を覚えた。

＊＊　＊＊　＊＊

授業が始まると、教室内は静寂に包まれる。

耳に届くのは、教師が黒板に文字を書く、チョークの音。そして、ラルフがいつも持ち歩いている懐中時計の音だけだ。

ラルフの持ち歩いている懐中時計は、父の誕生日プレゼントにシャーリーが用意していたものだ。しかし、父は誕生日に不慮の事故で帰らぬ人となった。とつぜんの訃報《ふほう》にシャーリーは手にしていたプレゼントの箱を取り落としてしまった。そのせいで懐中時計はどこかが壊れてしまったらしい。

ラルフは、秒針の音がうるさいほど大きくなってしまった懐中時計を、修理もせずに使っていた。だから、彼のいる場所にはいつも時を刻む音が響いている。

『時計の音で気は散らないの？』

気になったシャーリーが、なんどか尋ねたことがあった。

『いつも持ち歩いているからかな。もう慣れたよ。まったく気にならない。それにこうして、秒針の音を聞いていると、父さんのことを忘れずにすむだろ』

ラルフはいつもそう言って苦笑いするだけだ。

その懐中時計は、シャーリーが街に買い物に行った際、ショーウィンドゥに飾られていたのを見つけたものだ。高価なものではない。蓋にある双頭の鷲《わし》のレリーフが気に入って、プレゼントに購入しただけだ。壊れているのに持ち歩くほど価値があるものとは思えない。しかし、行き場のなくなったプレゼントを受け取ってくれたラルフの気持ちは嬉しかった。

あれからもう一年が経つ。シャーリーはラルフがいたから今日までやって来られたと思っている。改めて深く感謝して、隣にいる彼を盗み見ると片肘をついてぐっすり眠ってしまっていた。

本来なら起こさなければならない。だが、ラルフは学生として授業を受けるだけではなく、公爵としての執務もこなしている。頭は格段にいいため、授業を受けなくても困っていない様子だ。良いことではないが、休めるときに少しだけでも休ませてあげたかった。

双子だというのに、ラルフの優秀さはシャーリーと大違いだ。

亡くなった母も、そのことを憂いていた様子だった。幼い頃、シャーリーを溺愛《できあい》してくれていた母は、成長するにつれて冷たくなっていった。

それは、シャーリーが、なんでもこなすラルフのようにはできなかったからに違いなかった。勉強だけではない、女性であるのに、鉤針編《クロッシェ》みすらラルフより下手だった。

母が呆れてしまうのも無理はない。

だからシャーリーは、母に認められようと必死に勉強してきた。ローレル・カレッジに入学できた少女たちは、それだけで大変優秀な生徒だと認められる。その姿を見せることで母に喜んで欲しかった。しかし、両親は急逝し、合格したことすら伝えることができなかった。人の時間は永遠ではない。いつ愛する人がいなくなっても決して後悔のないように生きなければならなかったのに。今さらこんなことを言っても無駄なのだ。

シャーリーは、自分の能力のなさから両親を嘆かせてしまったことを反省して、せめてラルフだけは幸せにしたいと考えていた。もっと勉強して、忙しいラルフの手伝いができるようになりたい。

苦手な勉強も、今はそのために頑張っていた。

「……」

隣でうたた寝をしているラルフをもう一度盗み見る。ふわふわとした金髪、高い鼻梁、弓なりの眉、今は閉じられている澄んだ青い瞳、形の良い唇。背は高く足は長いし、均整もとれている。燕尾服《テイルコート》を纏った姿は優雅で、まるで王子様が目の前にいるような錯覚すら覚える。

　誰よりも優秀で、顔まで整っているなんて、神様はどうしてこれほどまでに不公平なのだろうか。しかし、そんなラルフなのに、着替えだけはうまくできないことを思い出し、ついつい笑ってしまう。

「シャーリー。なにを笑ってるの？」

　片方の瞼を開いて、眠そうにラルフが尋ねてくる。

「なんでもない」

　気づけば休み時間になっていたらしい。ラルフは授業中は寝ていたのに、休み時間になると急に起きだしてきた。

「次はなんの授業だったっけ？」

「語学よ」

「それはよく寝られそうだね」

　ラルフは机のなかから辞書を取り出すと、目の前に置いて高さを確認している。それを開くつもりはまったくないらしい。よく寝られそうだというのも、枕にする高さがあるから、そう言っているのだ。

こんないい加減な授業の受け方をしているのに、ラルフは首席で入学をしていて、ローレル・カレッジで過去に例がなかったほど優秀な成績を収めている。

やはり神様は不公平だ。シャーリーがそう考えていると、教室の入り口辺りに、女生徒たちが数人訪れているのが見えた。

「ラルフ様」

机に突っ伏したラルフの名を呼びながら、冷たい視線をシャーリーに向けてくる。

「……ラルフ。皆が呼んでるわ」

「弟を狼の巣に放りこむなんて、ひどい姉」

不満そうに呟きながら、ラルフが立ち上がる。

シャーリーだってラルフを他の人のところになど行かせたくない。でも、そんなことは言えるわけがない。

ラルフのすらりとした後ろ姿を見ているだけで胸がときめいてしまうのに――。

他の女生徒に囲まれている彼の腕を引っ張って、自分のもとに連れ戻したくて堪らなかった。お腹の奥がムカムカしていた。心にドロドロとしたなにかが渦巻いている気がする。こんなのは嫌なのに、消すことができない。

ラルフは頭がいいだけではなく、スポーツも万能だし、思いやりがあり、とても親切だ。

数少ない学園の女生徒がみんな、惹かれてしまうのも無理はない。

だが、シャーリーは紛れもなく、ラルフの姉なのだ。こんな風に、心をざわめかせるのはおかしい。シャーリーは暗い表情で俯いた。

「どうしたの？」

「え？」

ラルフは女生徒たちを帰らせてさっさと席に戻ってきたらしかった。

「べ、別にっ」

拗ねて顔を逸らすと、いきなり両頬を手で挟まれ、額同士を引っつけられてしまう。

ラルフの青い瞳が、じっと見つめてくる。恥ずかしくて、顔が熱くなっていく。

「熱はないみたいだけど。平気？　救護室に連れて行ってあげようか」

お願いだから放して欲しかった。暗い表情をしていたのは、身体が悪いせいではない。

心配そうなラルフの顔が近づくと、今朝の口づけの感触を思い出してしまう。

ますます熱が上がりそうになりながら、ガチガチに硬直していると、ラルフが続けて言った。

「それとも、僕が元気になるおまじないしてあげようか。シャーリーなら特別に唇にしてあげる」

形のよいラルフの唇が、ますます近づいてくる。

「だ、だめぇ……っ」

シャーリーが声を上げたとき、いきなり頭を摑まれてふたりが引き剝がされた。

「なにを遊んでいるんだ。お前らは」

ふたりを離したのはクレイブだった。彼は苛立った口調で顔を引き攣らせている。

「見ての通り姉弟愛を深めているんだ。邪魔しないでくれる？」

ムッとしながらラルフが言い返す。

「それ以上おかしな空気を醸し出すなっ。むしろお前らは、互いに自立しろ」

怒鳴りつける声に反発して、ラルフはギュウギュウと抱きしめてくる。

「嫉妬は見苦しいよ。僕たちの仲を割けるなんて思わないで欲しいな」

そんな姿を、クラスメイトたちが呆然と見つめていた。

「……っ！」

シャーリーは恥ずかしさのあまり卒倒しそうだった。

そんなふうに、授業を受けるのと休み時間に女生徒たちがやってくるのとを繰り返して、三時間目が終わろうとしていた。シャーリーは空腹を覚えて、キュッと自分のお腹を押さえた。そうしないと、お腹が鳴ってしまいそうだったからだ。

考えてみれば、朝食は少しパンを齧《かじ》っただけ。結局、慌ただしさのなかでほとんどなにも食べられないまま、学園に向かったことが思い出される。

「……っ！」

昼休みまであと一時間以上ある。次の休み時間に、せめて砂糖とミルクをたっぷり入れたお茶を飲んで少しでもお腹を落ち着けたい。

「どうかした？」

隣に座るラルフが耳打ちしてきた。シャーリーは俯いたまま、小さく首を横に振り、小声で「なんでもない」と答える。しかし、その直後に、クゥ……とお腹が鳴ってしまう。

真っ赤になりながら、隣を窺う。だが、ラルフは気づかなかった様子で珍しく真剣に黒板を見つめていた。いつの間にか精悍になった頬が、ひどく色気を宿していて、羞恥で赤くなった頬がいっそう熱く火照《ほて》った。

「ん……」

シャーリーの微かな声を聞きつけて、ラルフがこちらに顔を向ける。

その拍子に彼はペンを床に取り落とした。

「……？」

軽く椅子を引いたラルフが、シャーリーの足元に転がってきたペンを拾おうとする。だが、拾い損ねたペンは、運悪く彼女のスカートのなかに転がってしまった。

「ごめん。少しスカートをめくるけどいい？」

微かに頷くと、ラルフはスカートの裾を持ち上げた。足元を見られる気恥ずかしさに、思わず爪先を反対側へと揃える。

すると、身体を動かした拍子にふたたびお腹が鳴ってしまう。今度こそ、ラルフに聞かれてしまったに違いなかった。

恥ずかしくて、卒倒してしまいそうだった。シャーリーが縮こまった格好で真っ赤になっていると、授業の終了を知らせる鐘の音が、校舎の中心にある鐘楼《しょうろう》の方から響いてくる。

「しっかり朝食を食べないから、お腹が空くんだよ」

やはりお腹の音を聞かれてしまったらしい。シャーリーは、恥ずかしさに唇を噛む。挙句にクスリと笑われ、返す言葉もない。だが、朝食を食べ損ねた原因は、ラルフにある。笑われるのは心外だ。

シャーリーが顔を上げられずにいると、ラルフはクラスメイトのひとりに声をかけた。

「ごめん。今すぐ教員室に行って、アンダーソン先生に、『次の自習時間は中庭にいる』って伝えてくれないかな」

驚いたクラスメイトとシャーリーは同時に声を上げる。自習だなんて、そんな話は聞いていない。

「え？　自習？」

「次は物理学の時間よ？　自習になった連絡なんて、聞いてないけど」

「ああ。始業前に教員室の前で、アンダーソン先生に伝言を頼まれていたんだ。皆に伝えるのをすっかり忘れていた」

悪びれることなくラルフはそう言うと、他のクラスメイトたちにも、そのことを伝えた。そしてアンダーソンへ伝言を頼んだ相手に「悪いね。よろしく」と詫びると、シャーリーの手を摑んで外へと向かっていく。手にはしっかりと昼食の入ったバスケットがあった。

「勝手に教室を出ていいの？」

「心配ないって。さっき僕が伝言を頼んでいたのを聞いただろ。大丈夫だよ」

力強く手を引かれ、燕尾服《テイルコート》姿の背中を見つめる。いつの間に、こんなにも頼もしくなったのだろうか。

それにラルフの存在感は並外れている。ただ廊下を歩いているだけなのに、皆がこちらを振り返っていた。

「ブライトウェル先輩、こんにちは」

そのうちのひとり、まだ新品の制服に着られているといった風情の新入生らしき少年が、緊張した様子で挨拶をしてくる。

「ああ。こんにちは。前にも声をかけてくれた子だよね。……悪いけど、ちょっと頼みがあるんだ……いいかな」

ラルフが、何事かを告げると、少年は恐縮した様子で頭を下げる。

「友達と手分けをして、すぐにお持ちします！」

「うん、そうだね。あまり遅くなると、君たちの授業に間に合わなくなる。無理だったら放っておいてくれて構わないからね」

少年は憧れの先輩に気遣ってもらえたことにひどく感激している様子だ。すぐに早足でどこかに向かっていく。

「今日は天気がいいから、芝生に寝転がったらきっと最高だよ。早く行こう」

シャーリーはラルフに手を引かれるまま後に続いた。

中庭に辿り着くと、赤、黄、白、ピンクと色とりどりのダリアが咲き乱れていた。

ラルフは羽のような葉を持つ落葉樹、ルス・ティフィナの木陰に向かい、その周りに広がる芝生に腰を下ろした。

「ちょっと早いけど、昼食にしよう」

後に続いて腰を下ろしながらも、シャーリーは躊躇ってしまう。

「でも、もうすぐ授業の始まる時間なのに……」

こちらから校舎が見えるのだから、あちらからもふたりがここにいることは一目瞭然ということだ。自習時間とはいえ昼食まで摂っていいものなのだろうか？

「お腹が空いたままじゃ、学習意欲なんて湧かないって。ああ。ちょうど、紅茶が来たみたい。せっかく後輩が淹れてくれたのに、無駄にするのは失礼だよ」

先ほどラルフが話しかけていた少年が、紅茶のポットとカップの載ったトレーを運んでくる。その後ろには、何冊かの本を持った少年たちがいた。

どうやら、ラルフが頼んでいたのはこのことだったらしい。

「ありがとう。手間をかけさせて悪かったね。助かったよ」

新入生たちは恐縮した様子で紅茶や本をラルフに手渡すと、なんどもこちらを振り返りながら去っていく。

どうやらシャーリーの気づかない間に、彼は先生だけではなく新入生や同級生まで、いいように使い始めていたらしい。

「自分のことは自分でしないと。そのための寄宿学校《パブリックスクール》なのよ。無理言って寄宿舎に入寮していないうえに、下級生に命令するなんて、よくないわ」

ラルフに忠告すると、彼は不満そうに唇を尖らせる。

「なんでもいいから、用事を言いつけてくれって頼んできたのはあっちなのに。シャーリーには解らないかもしれないけど、学生のときから自分より上の爵位を持つ者に取り入るのは当然なんだよ。そのために、この学園に来る奴だって少なくない」

意外な話を聞かされ、シャーリーは困惑したままラルフを見つめた。

「僕だって、社交界で孤立するわけにはいかない。若いうちから発言権を強めるためにはできるだけ多くの手札もいる。なんでも頭ごなしに否定してないで、少しは先のことを見据えなよ」

どうやらラルフは、楽をするために、考えなしに命令して過ごしていたわけではなかったらしい。それにしてもやり過ぎではないだろうか。

「でも……」

シャーリーが口籠っていると、彼はさらに続けた。

「さっきの奴らが、嫌そうに見えた？　違うよね。……まあ、鈍感で男心が欠片も理解できないシャーリーだから、ある意味平穏にこの学園で過ごせるんだろうけど」

「どういう意味？」

ラルフに含みのある言い方をされて、意味が解らずにシャーリーは尋ね返す。だが、彼は曖昧に笑うだけで、なにも答えようとしなかった。

「食事にしようか。姉さんの腹の虫の音を聞いていたら、僕もお腹が空いちゃったよ」

ふいうちの言葉に真っ赤になっていると、ラルフはバスケットを差し出してくる。

「ねえ。シャーリー。なにを食べる？」

覗き込んでみると、そこには、鴨のロースト、子羊のステーキ、鶏のフライ、豚のベーコン、その他にも肉ばかりが入っていた。

昨夜、シャーリーは間違いなく厨房に栄養のバランスがとれた料理を注文したはずだ。どうして肉ばかりになっているのだろうか。

「シャーリーのことだから、僕に野菜ばっかり食べさせようとするだろうと思って、ちゃんと、夜のうちにメニューを変更させておいたんだ」

自慢げに言ってのけられ、シャーリーは溜息を吐く。

「もうっ。ラルフがなにを言っても、変えないでって言っておいたのに……」

憤慨しても仕方ない。ブライトウェル家の当主はラルフだ。使用人たちは給金を払っている者に従って当然だ。だからと言って、好きなものばかり食べていては身体に悪い。

「偏った食事ばかりしていてはだめよ。病気になったらどうするの」

シャーリーが忠告するが、ラルフは聞く耳を持たない。

「病気になったら？　そんなのもちろん、シャーリーに看病してもらうよ」

当たり前のように言ってのけると、彼はナプキンで骨を掴み、大口を開けて鴨のローストに齧りつく。その表情は満足げだ。

今朝、夢に見るほど食べたかったのだから、さぞかし嬉しいことだろう。

「いつまで経っても、子供なんだから」

バスケットに用意されていた取り皿とフォークを用意して、シャーリーはバルサミコソースをかけて鶏のフライを食べ始めた。

「……僕はもう充分大人だよ。知らないの？」

ラルフはクスリと笑ってシャーリーを見つめてくる。その表情がひどく艶めいて見えて、胸が高鳴ってしまう。

「……お、……大人は、料理に好き嫌いなんて言わないものよ」

震える声で反論する。だが、ラルフは巧みな言葉で言い返してくる。

「食事の嗜好《しこう》なんて、物事に対するものに比べれば些末なことだよ。僕は、どんなことでもうまくやっていく。欲しいものは確実に手に入れるし、簡単に人に足を掬われたりもしない。これこそ、正しい大人の姿だと思うけどな」

詭弁でしかないのにとっさに反論できない。すると、ラルフはじっとこちらを見つめてきた。

「な、なに？」

訝しく思いながら尋ねる。

ラルフはふっと小さく笑ってシャーリーの唇の端を指で拭った。

「かわいいなあ。ソースがついてる。……まったくどっちが子供なんだか」

彼は赤い舌を伸ばして、ソースを拭った指を舐める。

「……っ。言ってくれれば、自分で拭ったのに」

内心の動揺を気づかれたくなくて、シャーリーはつい声を上げてしまう。

「じゃあ、あと少し頬にソースがついているから、そっちは自分で拭って」

シャーリーは慌ててナプキンを取り上げて、口の端を拭う。

「違うって。もう少し右だよ」

ナプキンをずらして頬を擦ってみるが、布地にはなにもついていない。

「……もう少し右だって。ほら、ナプキン貸してみて」

白いナプキンが奪われ、シャーリーは右頬を差し出すようにして、首を横に向けた。

すると、いきなりラルフの顔が近づけられて、頬にチュッと口づけられてしまう。

「なにするの……っ」

衝動的にラルフを突き飛ばし、シャーリーは真っ赤になって、自分の指で頬を押さえる。

「ごちそうさま。ソースがついていたのが勘違いみたいだったから、間違ったお詫びにキスしたんだ。ごめんね、シャーリー」

ラルフは言い訳をしながら、ニヤニヤと人の悪い笑みを浮かべていた。きっと、ソースがまだついていると言ったところから嘘だったのだ。

初めからシャーリーを騙すつもりでいたのだろう。

「もうっ。バカなことばかりして、人をからかうんだから」

ポカポカとラルフの胸を叩いたとき——。

校舎の方から人の気配を感じて、シャーリーは振り仰ぐ。教室でいつもシャーリーが座っている席に、赤髪の青年がいることに気がついた。

シャーリーをいつも冗談のように口説いているクレイブだった。その表情は険しく、思わず息を飲むほどだ。しかし、クレイブは急にぷいっと顔を逸らしてしまう。

いったいどうしたのだろうか。

「どうかした？」

不思議そうにラルフが尋ねてくる。

「なんでもないわ」

心配をかけたくなくて、シャーリーは首を横に振った。

「それより食べましょう。……不健康なことに、肉ばかりだけど……」

なんどバスケットを窺っても、なかにはロールパンと肉料理しかない。呆れながら呟くと、ラルフは楽しげに言った。

「肉も身体にいいんだってば。不健康じゃないよ。それに、晴れ渡った空の下で美男子を前においしい食事。まさに天国って思ってもらわないと」

「うぬぼれないで」

シャーリーが言い返すと、ラルフは校舎の方向を指さす。そこには甲冑を身に纏った騎士の石造彫刻がある。

「美男子ってあの彫像のことだけど。もしかして、僕のことだと思った？」

ラルフにニヤニヤと笑われ、シャーリーはハッと目を瞠る。

「そうか。シャーリーにとって僕は美男子なのか。褒めてもらって嬉しいよ」

軽口を言ってのけるラルフをシャーリーは睨みつける。

「これ以上バカなことばかり言うなら、扉に内鍵をかけてあなたを私の部屋に入れなくするから」

ラルフはいつもシャーリーのベッドのなかに忍び込んでくる。だが、ふたりの部屋を繋ぐ扉の内鍵をかければ、入れなくなるはずだ。

「残念だけど、当主はすべての部屋に自由に入れるマスターキーを持っているんだ。内鍵ぐらいなんの障害にもならないよ。今晩もシャーリーが眠った後に行くから、ちゃんとベッドを半分空けておいて」

ラルフは子供みたいに赤い舌を出して、シャーリーを挑発してくる。

「その鍵、私に預けて」

そんな話は初耳だ。これが本当なら、シャーリーにはプライバシーもなにもないということだ。

シャーリーはラルフに向かって手を差し出す。しかし、彼はポンとその上に手を置くだけだ。

「絶対嫌だね。なんならお風呂も一緒に入ってあげるよ？　いい年なのに、彼氏のひとりもできない姉さんが男を誘惑できるように、僕が隅々まで綺麗《きれい》にしてあげる」

鍵は決して渡すつもりはないと言い返し、ラルフはさらに人の悪い冗談を言ってくる。

確かにシャーリーは、ラルフ以外の男性が苦手で恋人なんてつくる気にもならない。

だが、恋人がいないのはラルフも同じはずだ。

「なによっ。あなただって……」

だが、ふいに、ラルフに恋人がいるという噂が脳裏を過って、シャーリーは黙り込んでしまう。あの噂は本当なのだろうか？　聞きたいが、言葉に詰まってしまう。

「僕がどうかした？」

もしもラルフの口から噂が真実だと答えられたら、シャーリーは冷静でいられる気がしなかった。弟に恋人ができたぐらいで取り乱してしまうなんて狂気の沙汰《さた》だ。

「なんでもないわ」

シャーリーは疾《やま》しさから目を逸らした。

食事を再開してお腹がいっぱいになった頃、ラルフが大きく伸びをした。そして、いきなりゴロリと芝生の上に寝転がり、シャーリーの膝に頭をのせてくる。

「……な、なにしてるの……」

ラルフのふわふわとした金髪が、目の前で誘惑してくる。柔らかそうな髪に触れたい。

そんな欲求に戸惑い、身体が硬直してしまう。

「本を読もうと思ったけど、お腹がいっぱいになったら眠くなっちゃった。少し寝る。時間が来たら起こして」

しばらくすると、穏やかな寝息が聞こえてくる。そこに交じる懐中時計の秒針の音。

授業の開始を告げる鐘が鳴ると、ざわついていた校舎もシンと静まり返る。

暖かな日差し、そよぐ爽《さわ》やかな風、鼻孔を擽《くすぐ》る甘い花の香り。

秒針の刻む音がするのに、まるで時間が止まってしまったかのような錯覚に陥る。

「ずっと、このまま……」

本当に時間が止まってしまえばいいのに。そんな身勝手な願いを呟いてしまう。

だが、自習時間と昼休みが終わっても、まだ午後の授業が残っている。いつまでも、ふたりで寛いではいられない。

——あと少しだけの時間しか、残されていない。

「ラルフ……」

名前を呼んでもラルフは起きない。心地よさそうに、眠りを貪っている。

膝に頭をのせてきているラルフの髪に、躊躇いがちに触れた。すると、柔らかで心地よい感触が指先に伝わってくる。

高鳴る鼓動に思わず手を離す。だが、もっと触れていたいという欲求に負けて、ふたたび彼の頭を撫で始めてしまう。

「……よく寝てる……」

胸が締めつけられるような気持ちだった。はた目には恋人同士のように見える格好だ。

しかしラルフが安穏と眠っているのは、実の姉が膝を貸しているからだ。もしもシャーリーの気持ちに気づいてしまったら、きっと彼は困惑して距離を取るに違いなかった。

ラルフを前にすると、胸がざわめく。この感情は永遠に秘密だ。ラルフにも、他の誰にも告げるつもりはない。

「いい天気……」

空を見上げると、雲ひとつない青空が広がっていた。吸い込まれそうになるほど、澄み切っている。こんなにも爽やかな天気だというのに、疼《うず》くような感覚に苛まれてしまう自分がとても卑しく思えた。

ラルフの頭をのせた膝から、彼の髪に触れる指先から、そして、身体の奥底から……。ひどく熱が迫り上がって、身体が高ぶってしまっている。

――いけない。

ちゃんと解っている。それなのにとめることができない。

頭を撫でていた指先が、ふいにラルフの首もとを掠《かす》める。偶然だ。それなのに、疾しさから泣きそうになってしまう。

「……っ！」

シャーリーは、彼の髪を撫でる手をとめた。固く唇を結んで、目を逸らす。

他のことをしなければ……、そう自分に言い聞かせ、積まれていた本のうちのひとつを取り上げてページを開いた。

「これは……」

それは有名な作家の著書だった。姉弟が禁断の恋に落ちてしまい、お互いの気持ちを知らぬまま、自ら命を絶つという内容だ。シャーリーは思わず手にしていた本を取り落としてしまいそうになるのを寸前で堪えた。

狼狽してはいけない。

自分には関係のない内容なのだから。そう心に言い聞かせる。だが、文字を目で追っていると、思い当たることばかりが記されていた。

「あ……」

シャーリーがラルフに抱いている想いは、……恋なのではないだろうか。

心臓が壊れそうなほど早鐘を打ち始めて、とめることができない。

するとふいに、シャーリーの膝に頭をのせているラルフが小さく呻く。

「……ん……」

得体の知れない後ろめたさに苛まれ、シャーリーはギクリと身体を強張らせた。

彼は、眠そうに瞼を擦りながら、体勢を変えてこちらを見上げた。

「どうしたの？　なんだか、身体が震えているみたいだけど。もしかして寒い？」

どうやらラルフは、シャーリーの動揺を肌越しに感じてしまったらしい。

「大丈夫。……それより、まだまだ時間はあるから、もう少し眠っていても平気よ」

努めて平静を装いながら、そう答える。すると、ラルフは身体を起こした。

「教室に帰ろう。食器や本はここに置いておけば、あいつらが片づけるから」

ラルフは上着を脱ぐと、シャーリーの肩にかけてくれた。

「別に寒くなんてないわ。日差しも暖かくて、今日はとても気持ちいいし、ずっとここにいたいぐらい」

「そう？　だったらいいけど……。少しでも具合が悪くなったら、無理せず言って」

ふっと笑いかけられて、心臓がすくむ。

「……あ……」

ラルフに笑顔を向けられると、彼がいっそう眩しいぐらいに輝いて見えた。

「ん？　ぼんやりしてどうしたの？」

「ううん。なんでもない……」

ずっとここにいたいのは、ラルフとふたりきりだからだ。シャーリーはそのことを唐突に自覚する。かぁっと頬が熱くなっていく。

自分は、実の弟であるラルフに恋心を抱いてしまっている。その事実を思い知り、愕然《がくぜん》とした。

今すぐ逃げ出したくなる。だが、さらなる試練が降りかかってきた。

「じゃあ、一緒に寝よう。こっち来て」

ラルフはそう言って、シャーリーを自分の方へと引き寄せると、芝生の上に横たわらせた。目の前には、人形めいているほど整ったラルフの顔。あまりの近さに息を飲む。だが、抗えない。シャーリーの頭は、そのままラルフの腕にのせられてしまう。

「ラルフ……。教室から見られてしまうわ。それに授業中よ」

シャーリーは真っ赤になって咎《とが》めるが、いっそう腰が引き寄せられた。これではもう身動きが取れない。

「気にしなくていいよ。勉強なら咎められるような成績じゃないし、……それに、僕たちは家族なんだから、一緒に眠るぐらいおかしくないって」

言いたいことだけ言うと、ラルフは気持ちよさそうに眠りに落ちていく。

「……もうっ。勝手なんだから」

シャーリーの肩にかけられていた彼の上着を引きずり上げて、ラルフにかける。いくらウエストコートを着ているからといっても、もう季節は秋だ。身体が冷えてしまっては、風邪を引いてしまう。

しばらく経ったらラルフを起こそう。そう考えていたが、彼の温もりと日差しに包まれる心地よさに、いつしかシャーリーも深く眠り込んでしまった。

第二章　甘い旋律は誘惑する

クラスメイトの無言の視線が気になって仕方がない。

シャーリーは自習の時間から昼休みまでの時間だけを、中庭で過ごすつもりでいた。

しかし、ラルフとふたりして眠り込み、午後の授業までさぼってしまった。

ふたりが中庭にいることは、どこの教室から見ても一目瞭然だった。それなのにどうして教師たちは咎めるどころか揃って見て見ぬふりをしたのだろうか？

この学園がブライトウェル家の領地にあって、多額の寄付をしているとしても、生徒の指導とは関係ない気がする。だが、そんな考えは綺麗ごとなのだろう。

「もっと気をつけないと……」

ただでさえ、ラルフは特別待遇で寄宿舎に入らず邸から学園に通っているのだ。これ以上、他の生徒にひいきだと思われないように自戒して行動しなければ。

シャーリーが教科書などを片づけていると、いつの間にか隣に座っていたはずのラルフの姿が見えなくなっていた。

「あの子、いったいどこに行ったのかしら」

ラルフとシャーリーは、いつも同じ馬車で邸に帰っている。迎えが来るにはまだ早い時間だ。束縛する気はないが、ラルフの居場所が気にかかる。

辺りを見回したとき。窓の外で、ラルフが同級生であるリリアン・ランドールと共に中庭に佇んでいるのが目に入ってきた。リリアンは金髪碧眼の美少女だ。しかしそのことを鼻にかけることもなく、清楚で人当たりのいい性格をしているらしい。男子生徒たち皆が憧れている存在だ。

「ラルフ……」

彼が女生徒とともにいるのはいつものことだ。そう思うのに、なにか親密な空気がふたりの間に流れているような気がしてくる。シャーリーは中庭に佇んでいるふたりから目が離せなかった。するとふいに、リリアンが腕を伸ばして、ラルフの柔らかな金髪に触れた。

「……っ」

——ラルフに触らないで。

思わず声を上げそうになるのを、寸前で堪える。シャーリーは寄り添うふたりの姿を見ていられなくなって、顔を背けた。

胸の奥がモヤモヤとして、なんだか目の前が真っ暗になってくる。

とても嫌な気分だった。

そんなとき、とつぜん目の前の席に座る青年が振り返って、顔を近づけてくる。飽きもせず毎日のようにシャーリーを口説いてくるクレイブだった。

「おい。シャーリー。……お前の弟はやっと姉離れしたみたいだな。いつまでも姉弟でベタベタしていないで、いい加減に私を受け入れろ」

どうやらクレイブも、ラルフたちが中庭にいるところを見つけたらしい。

「ごめんなさい。少し用事があるの……。話なら後にして」

今日はクレイブの口説きを聞き流す余裕もなかった。シャーリーは衝動的に立ち上がり、教室を出ようとする。

「待てよ」

強い力で腕を摑まれた。だが、シャーリーはとっさに振り払った。

「……急いでいるの。お願いだから、放して」

普段穏やかなシャーリーが、苛立った声を発したことに、クレイブは驚いた様子だ。

それ以上は無理強いすることなく、手を放してくれる。

シャーリーは、そのまま廊下へと駆けて行った。

教室を出ると、階段を上ってすぐの角を曲がる。本当はシャーリーに急ぐ予定はない。ただ中庭の見えない場所に逃げたかっただけだ。そうして当てもなく歩き続け、しばらくして、ふと後ろを振り返った。だが、誰の姿もない。クレイブが後ろから追って来るのではないかと不安になったのだが、思い過ごしだったらしい。

シャーリーは、ふらふらとした足取りでローレル・カレッジの広い校舎内を彷徨う。

教室に帰っても、クレイブがさっきの話の続きをしようとするのは目に見えている。帰りたくなかった。ラルフが他の女性に心を寄せている話なんて、絶対に聞きたくない。

「どこに行こう……」

行き先に悩んで頭を巡らせる。

シャーリーの行動範囲はとても狭く、図書館しか思いつかなかった。仕方なく、迎えの馬車が来るまでそこで時間を潰すことにした。

昼間に中庭で手にした禁断の関係を描いたあの小説は、もう図書館に返却されているのだろうか。じっくりと読んでみたいが、あんなものを借りて邸に帰るわけにもいかない。ラルフに見つかったらなんと言い訳していいか解らないからだ。

シャーリーは俯いたままとぼとぼと歩く。このままどこか遠くへ行きたかった。あの小説のように醜い欲望から逃げて、いっそ命を落としてしまいたくなってくる。

「はぁ……」

シャーリーが、深く溜息を吐いたとき——。

廊下の先から、甘く軽やかなピアノの旋律が聴こえてきた。

「いったい誰？」

貴族の子息たちが多く通うローレル・カレッジでは、嗜《たしな》みとしてピアノやヴァイオリンなどの楽器が演奏できる生徒は多い。だが、これほどまでに情感豊かな演奏は、いまだかつてこの校舎内で聴いたことがなかった。

「……すごい……」

ピアノの旋律に導かれるように、シャーリーが廊下を歩いて行くと、第二音楽室に辿り着いた。

「ここから……、聴こえてきたの？」

室内に入って、どんな人物が演奏しているのか知りたかった。だが、邪魔はしたくない。

シャーリーは扉の前に佇み、曲が終わるのをじっと待つことにした。しかし、とつぜんピアノの音がやみ、こちらに向かって声がかけられる。

「そこにいるのは、誰？」

低く艶やかな声だった。思わず身体が震えてしまいそうなほど官能的な声だ。

思わず硬直していると、音楽室の扉が開かれる。

「ここになにか用なのか？」

現れたのは、さらさらとした黒髪に黒曜石のような瞳をした青年だった。彼は、今まで出会ったことがない顔をしている。身長はラルフと同じぐらいで高く、制服である燕尾服《テイルコート》のボウタイはつけていないが、トラウザーズは、一般学生のものとは違いグレーの千鳥格子だ。それだけで、彼が優秀な生徒であることが解る。

「素敵なピアノの旋律が聴こえたから、……気がついたらここに来てしまって……。邪魔をしてごめんなさい」

シャーリーが立ち去ろうとすると、青年は室内へと招き入れてくれる。

「君を邪魔に思って声をかけたわけじゃない。公共の場所なんだから、自由にすればいい。ただ、この部屋を使う予定があるのなら、ピアノを占領していてはいけないと思ったんだ」

青年はシャーリーをじっと見下ろすと、右手を差し出して挨拶する。

「俺はロニー・ルゼドスキー。今日からこの学園に転校してきたんだ」

どうやら彼が噂の転校生だったらしい。ラルフは彼の成績を中の上ぐらいだと言っていた。だが、彼が千鳥格子のトラウザーズを穿いているということは、ラルフの話は嘘だったということだ。いや、ラルフからしてみれば、それぐらいの成績だという意味だったのかもしれない。

つい探るような視線を向けてしまうが、彼は穏やかな笑みを浮かべて続けた。

「実は校舎内で迷ってしまって、教室に辿り着けなくてね。仕方なくここでピアノを弾いていたんだ」

校舎内で迷ったのなら、誰かに聞けばいいだけだ。もしかしたら、単に気乗りしなかっただけなのかもしれない。

「私はシャーリー・ブライトウェル。あなたとは同じクラスになるはずよ。よろしくね」

差し出された手をシャーリーが握り返すと、ロニーはクスリと笑ってみせる。

「シャーリー・ブライトウェル……ね。いい名前だ。そういえば、君のことは知ってるよ。その鳶色の髪に見覚えがある。確か、授業をさぼって、堂々と中庭で男と昼寝してた子だ。ここからも見えていた」

どうやらロニーは、その様子を音楽室から眺めていたらしい。

「変な言い方しないで。一緒にいたのは弟だし、授業をボイコットするつもりじゃなくて、眠り込んでしまっていただけ……」

なにを言っても言い訳にしかならない。だが、なんとなくロニーに誤解されたままでいるのは、居心地が悪いと思った。

「……弟……。恋人みたいに寄り添って眠るほど、仲がいいんだ？」

「双子なの。髪の色は違うけど」

「そう。彼は恋人じゃないのか。それはよかった」

なにか含みのある言い方で呟くと、ロニーはじっとこちらを見つめてくる。

視線の強さに居たたまれず、シャーリーは顔を逸らして部屋を出ようと足を引く。

「それじゃあ、ロニー。明日からよろしく。……私はもう行くわ。演奏の邪魔をしてごめんなさい」

しかし、その腕がいきなり摑まれる。

「待ってくれ。……君、もしかしてピアノは好きかい？」

ふいに尋ねられ、シャーリーは戸惑う。

「え？　ええ」

小さく頷くと、ロニーは楽しげに言った。

「今から君のためにピアノを演奏してあげるよ。だから、ひとつだけ俺のお願いを聞いてくれないか」

「お願いって？」

なにをすればいいのか解らないのに、約束なんてできない。シャーリーは困惑してロニーを見つめた。

「簡単なことだよ。嫌なら断ってくれていいから。……単に、なにか目的があれば、俺もピアノの練習に熱が入るかもしれないと思っただけだ。だから、気軽にリクエストしてくれると嬉しい」

断ってもいいぐらいなら、彼の言う通り簡単なお願いなのだろう。それに、せっかく素晴らしい演奏を聴かせてくれるのだから、少しぐらいは手伝いたかった。

「わかったわ。……じゃあ、収穫祭に教会でよく演奏される曲をお願いしようかな」

題名は解らなかったが、それは聴いているだけで気持ちが明るくなるような楽しく華やかな曲だった。

「収穫祭に？　もしかして、この曲？」

黒いグランドピアノの前に置かれた天鵞絨《ビロード》の長椅子に腰かけたロニーが、ワンフレーズを奏でる。

「そう。その曲が聴きたい」

シャーリーが顔を綻ばせると、ロニーは皮肉《ひにく》げに片眉を上げてみせた。

「了解。簡単なリクエストでよかった。超絶技巧《ちょうぜつぎこう》が必要な曲でも頼まれたらどうしようかと思ってた」

巧みな指さばきで、ロニーは軽やかにピアノを弾き始めた。謙遜していたが、これだけピアノが上手なのだからどんな曲をお願いしても弾きこなせていたに違いない。

そうして収穫祭の楽しい曲を聴いていると、気分まで高揚してくる。

「それなら、難曲を弾きこなしてかっこいいところを見せてくれてもいいわよ」

シャーリーは人見知りで、普段ならばラルフ以外の人間に軽口を言うことはない。だが、ロニーを前にしていると、警戒することなく話ができた。

彼の持つ雰囲気や少し皮肉げな表情が、どこかラルフと似ているせいかもしれない。

「それじゃあ、かっこいいところを見せようかな」

そう言って、ロニーは収穫祭の曲を速弾《はやび》きし始める。優雅で流れるような指の動きなのに、とても速い。そして正確だ。

「すごいわっ」

シャーリーが思わず目を瞠ると、ロニーは楽しげに口角を上げる。

「かっこいい？　だったら、俺を好きになってもいいよ」

「バカなこと言わないで」

クスクスと笑いながら言い返すと、いきなりピアノの手がとまった。

「本気だよ。俺からのお願いは、君に恋人になって欲しいってことなんだから」

とつぜんの告白に、シャーリーは返す言葉もなく呆然としてしまう。

会ったばかりの相手だ。クレイブに告白されたときのように、窘《たしな》めるか流せばいい。

それが解っているのに、言葉に詰まってしまっていた。

脳裏を過《よぎ》るのは、女生徒と楽しげに向き合っているラルフの姿だ。もしかしたら、年頃であるシャーリーは、恋人が欲しいのかもしれない。そして、優しく愛を囁かれたいのかもしれない。だから、実の弟を相手に動揺してしまうのだ。

ロニーと恋人同士になれば、ラルフに気持ちが揺らぐことはなくなるのかもしれない。

だが、ラルフにときめいてしまうのをやめたいから……、そんな理由で他の男性と付き合うなんて不誠実だ。

「私……」

返答に躊躇《ちゅうちょ》していると、ロニーはぎゅっと手を握ってくる。

「会ったばかりの相手なんて信用できない？　気に入らなかったら、振ってくれればいいよ。だからまず、試しに恋人として傍にいてくれないか」

触れられた指はとても温かい。まるでラルフと手を繋いでいるときのようだ。

そう思うと、自然と頷いて、彼の申し出を受け入れていた。

「ええ……。あなたと……恋人になってみる……」

自分は大げさに考え過ぎだ。きっとロニーとなら、楽しい学園生活が過ごせるだろう。

「本当に？　それなら、今日から恋人としてよろしく。……大丈夫だよ、性急な真似なんてしない。優しく君を愛してあげるから」

甘い声音で囁くと、ロニーはシャーリーの手の甲に自分の唇を押し当ててくる。

「……な……っ」

目を見開いたまま、唇を震わせていると、ロニーは楽しげに言い返す。

「そうか、キスもまだなのか。いいね。初心《うぶ》な子は嫌いじゃない」

手の甲にキスされたぐらいで狼狽したせいか、シャーリーは男性経験が皆無であるということに、気づかれてしまったらしかった。

ロニーは女性にキスすることに慣れているのだ。そう思うと、腰が引けてしまう。

「やっぱりあなたとは付き合えない。……遊び人の恋人なんて嫌」

シャーリーがぷいっと顔を逸らすと、ロニーは慌てて訂正する。

「驚かしてごめん。次に君に触れるときには、たとえ髪の毛一本だとしても先に許可を取るから、そんなこと言わないでくれないか」

必死に懇願してくる姿にほだされてしまい、シャーリーは小さく頷く。

「うん。……あなたを信じるわ……」

「ありがとう。じゃあ、これからよろしく」

ロニーはそう言って、ふたたびシャーリーの手を握った。

＊＊　＊＊　＊＊

帰りの馬車で、シャーリーは音楽室でロニーと話したときのことを思い返していた。頬が熱い。初めての恋人の存在に、シャーリーは戸惑いを隠せなかった。

すると、いつもとシャーリーの様子が違うことに気づいたのか、ラルフが怪訝そうに顔を覗き込んでくる。

「シャーリー。どうしたの？　なんだかニヤニヤしてるよ」

その言葉にハッとして顔を引き締める。照れてしまっているのは確かだが、変な言い方はよして欲しかった。

「男に告白された……とかだったりして」

図星を指されて、思わず顔を逸らしてしまう。

「本当に？　へえ。そうなんだ。……もしかして、恋人になったの？」

言葉に出さなくても、ラルフはすべてお見通しらしかった。

「うん……」

小さく頷くと、ラルフが急に黙り込む。沈黙に耐え切れずにシャーリーも尋ね返した。

「ラルフも恋人ができたんでしょう？　中庭で話していた子？　たったひとりの家族なんだから、噂が耳に入る前に、私にも教えて欲しかったわ。おめでとう」

仲睦まじそうなラルフとリリアンの姿が脳裏を過って、ついつい早口になってしまう。

「……ああ。ごめんね。なんだか言い出しにくかったんだ」

気まずそうにラルフが呟く。やはり噂は本当だったらしい。リリアンは頭もよく、性格のいい女生徒だと聞いている。お互いを高め合えるような素晴らしい関係を築けるだろう。

恋人となったばかりのロニーとも、そんな風に仲睦まじくなれたらいいとシャーリーは思った。

「それなら明日から昼食を分けて用意してもらった方がいいわよね」

これからは、教室の席も別にして、休み時間も別々で、そして、休日もお互いの恋人と時間を過ごすのだ。最初は淋しくても、きっとすぐに慣れるだろう。

それが正しい関係のはずだ。

「どうして？　家族が別に食事をするなんて、おかしいよ」

だが、ムッとした様子で、ラルフが言い返してくる。

両親が亡くなったとき、食事を摂ろうとしなくなったシャーリーに、ラルフは言った。

『シャーリーが食事しないなら、僕もいらない。家族なんだから、同じものを食べる』

育ちざかりのラルフを絶食させるわけにはいかず、シャーリーは食事の席に着くようになったのだ。それから、ラルフとは毎食を共にしている。

ラルフにとって、シャーリーと食事を共にするということは、とても大切なことなのだろう。まさか、機嫌を損ねられるとは思わなかったシャーリーは、申し訳なさを感じてなかなか言葉が見つからなかった。

「……変なこと言ってごめんね。これからも、昼食は一緒でいい？」

まだ互いに結婚したわけではない。家族として、食事ぐらいは一緒に摂ってもおかしくないだろう。

「当たり前だよ」

ラルフは眉根を寄せていた。その瞳には、不安の色が浮かんでいる。

もしかしたら、目を離した隙にシャーリーが以前のように食事をしなくなることを心配していのかもしれない。

「本当にごめんね。……大好きよ。ラルフ」

隣に座るラルフに寄り添う。躊躇いながらも、腕を組んでみると、筋肉のついた男らしい腕の感触に息を飲む。ラルフは、こんなにも逞しく成長しているのだ。そう気づいたシャーリーは、恋人となったロニーに近づいたとき以上に、胸がざわめいた。

＊＊　＊＊　＊＊

ふたりが邸に着くと、家令のバーナードが応接間で紅茶を淹れて出迎えてくれる。いつも通り、計ったように正確なタイミングだ。彼は父の見舞いを早めに切り上げて、もう邸に戻って働いてくれているらしい。

「お帰りなさいませ」

バーナード・ストロングは今年で四十歳になる有能な家令だ。この邸のすべてを把握して、使用人たちを統率している。彼は、白にも見間違えそうな銀髪に、ブラウンの瞳。高い鼻梁に細い切れ長の瞳をしていて、鎖のついた銀縁の眼鏡をかけている。

父親の代からブライトウェル家に仕えてくれている彼には、幼い頃にシャーリーもよく遊んでもらった記憶がある。いや、正確にはラルフと一緒に、生真面目なバーナードの仕事の邪魔をしていたのだ。

　バーナードが怒りださなかったのは、すべて彼の強い精神力の賜物《たまもの》といえる。そんな過去があったせいか、今は昔以上の無愛想になってしまっていて、感情の起伏がまったく読めない相手だ。だが、幼かったふたりを見捨てることなく、邸に仕え続けてくれたことには感謝していた。

「ただいま。バーナード。今日は夕方から、急に寒くなったわね。暖炉に火をいれてくれたの？　ありがとう」

　昼間の日差しはあんなに暖かかったのに、太陽が沈むと急激に寒くなっている。それを見越していたのか、バーナードは暖炉に薪を用意し、火を熾《おこ》してくれていたらしい。

「助かるよ。シャーリーは寒がりだもの」

　金縁で彩られた赤い薔薇柄のダブルハンドルのティーカップを手に、ラルフが呟く。

　部屋には芳しい紅茶の香りが漂っている。

　シャーリーも着席すると、バーナードはジャムとクリームの挟まれたスポンジケーキを取り皿にサーヴしてくれた。

「バーナードみたいに優秀な家令がいてくれて、本当に助かるわ。ラルフもそう思うでしょう？」

　ラルフが頷く前に、バーナードは静かに言った。

「いえ、滅相もございません。それに、この邸に必要なのは、優秀な家令ではなく当主ですから」

　微かに笑みを浮かべるバーナードをラルフが睨みつける。

「なにか僕に問題があるって言ってるの？」

「いえ、お父上を超える素晴らしい資質をお持ちかと」

　父の亡き後、ラルフはひとりでこの公爵家を背負ってきた。だがやはり学生の身分ではできることも限られている。バーナードはそのことを指摘しているらしかった。

「つまり資質はあるけど、実力が伴っていないと言いたいわけ？　見てなよ。見返してやるから」

　ラルフは憤慨した様子で紅茶のカップをソーサーに置くと席を立ち、荒々しく書斎に向かっていく。その後ろ姿を見つめながら、シャーリーはバーナードに謝罪した。

「ごめんなさい。ラルフが失礼なことを言って……」

「いいのですよ。あの方はやる気さえだせば誰も追随できないほどの能力をお持ちなのに、ただひとつのものにしか興味を示さないという、重大な欠点を抱えているだけですから」

「……え？」

どういう意味なのだろうか。シャーリーは困惑から首を傾げる。

「単なる家令のたわごとです。焼き菓子はいかがですか。ラズベリータルトもご用意できますが」

バーナードは、お菓子の載ったテーブルに顔を向けて尋ねてきた。

「それなら、書斎にお茶を運ぶから、ラルフの好きなものを盛り合わせてくれる？」

いくら執務に忙しいとはいえ、ラルフは学業を終えて帰ってきたばかりだ。ちゃんと休憩しなければ。無理をしては身体を壊してしまう。

「かしこまりました」

恭しく頷くと、バーナードは大皿にラズベリータルトをサーヴして、絶妙なバランスで花を飾るかのようにお菓子を盛り合わせていく。

テーブルには様々なお菓子があった。メレンゲにリンゴのピューレをざっくりとまぜたアップルスノウ、レーズンやオレンジピールなどをバターや砂糖と混ぜ、パイ生地に包んで焼いたエクルズケーキ、ふわふわに焼いたアップルプディング、シナモンとナツメグで香りづけした完熟バナナのブレッド、メレンゲを焼いてクリームと三種のベリーをのせたパヴロヴァ。ブルーベリージャムとクロテッドクリームが用意されたスコーン。

どれもおいしそうだ。甘いものが大好きなラルフは、きっと喜ぶだろう。

シャーリーはその間にティーセットを手にした。先ほどのラルフは苛立った様子だったので、落ち着かせるためにも、たっぷりミルクをいれたものにしようと決める。そして濃い目の紅茶を淹れた。

「これでいいわ。トレーを貸してもらうわね」

お茶とお菓子を運ぼうとすると、バーナードが近づいてくる。

「いいえ、お嬢様のお手を煩わせるわけには。私が運びます」

「いいの。あの様子だと、ラルフは運んだだけじゃ食べそうにないから、任せておいて」

手を貸そうとする家令の申し出を断り、シャーリーは書斎に向かった。

部屋の扉をノックするが、予想通り返事はない。

「ラルフ、入るわよ」

扉を開くと、そこには真剣な表情で書類に向かうラルフの姿がある。

彼は人の気配に敏感なはずなのに、シャーリーに対してだけは昔から鈍感だ。

双子であるがゆえに他人だという認識が薄いのかもしれない。そのことが嬉しくもあり、悲しくもある。

執務机に近づいたシャーリーは、邪魔にならない場所に紅茶を置いた。トレーは出窓に置いて、デザートの盛り合わせた大皿とフォークを手に取る。

「口を開けて」

ラルフは乞われるままに形の良い唇を開く。彼は、シャーリーの存在を認識していないわけではないのだろうが、視線は書類に向いたままだ。

キラキラとしたジュレの飾られたラズベリータルトを口に運んであげると、ラルフは真剣な表情のまま咀嚼《そしゃく》する。

「おいしい？」

シャーリーが尋ねると、ラルフは小さく頷く。

「ん。……喉が渇いちゃった」

紅茶のカップを手に取り、ふぅふぅと息を吹きかけて冷ますと、縁をラルフの口元にあてた。すると、彼は少しだけ紅茶を啜る。

「熱い……」

ラルフは不満げに顔を顰めるが、ペンを動かす手は止めない。

「ごめんね。もう少し冷ましてあげる」

ふたたび紅茶に息を吹きかけて飲ませてあげると、今度は満足げに頷くのが見えた。

まるで貪欲な雛鳥に餌をやっているような気分だ。

「少しぐらい休めばいいのに」

「急いでるから」

ラルフは邸ではいつも執務に勤しんでいて、学園の勉強をしているところは見たことがない。しかし、成績は彼の方が比べものにならないほど優秀だ。学業を修めるためではなく、昼間彼も言っていた通り、人脈づくりのために学園に通っているのだろう。

「お皿、ここに置いておくわね。あまり無理しないで」

ラルフの邪魔になってはいけないと思い、シャーリーは立ち去ろうとした。

「ここにいて。後でちょっと手伝って欲しいことがあるんだ」

「わかった」

珍しいこともあるものだと思い、ソファーに座る。だが、いつまで経っても手伝いの内容を言ってもらえない。

「ラルフ？　気が散るなら……私、部屋にいるから、あとで声をかけて」

シャーリーは困惑して退室しようとした。

「もうすぐだから、そこに座ってて」

視線も合わせずにそう言い返されては待つしかない。

「う、……うん……」

結局、ずっと待ち続けていたが、夕食の時間が来るまでシャーリーはなにも言いつけてはもらえなかった。

＊＊　＊＊　＊＊

なんだか長い一日だった。

ベッドに横たわりながら、シャーリーは深い溜息を吐く。

身体がホカホカとしていた。眠る前にラルフから差し出された甘いホットミルクを半分飲んだせいだ。もう半分はラルフが飲めばいいと思うのに、彼は『子供の飲み物なんていらない』と同じ年のくせに大人ぶったことを言っている。

彼がホットミルクを持ってくるようになったのは、両親が亡くなってからだった。毎晩眠れずに過ごしていたシャーリーのために、用意してくれるようになったのだ。シャーリーだって子供ではないのだから、もういらないと訴えたかったが、ラルフの気持ちを考えると、ずっと言えずにいた。

ラルフは、ベッドサイドに置かれているサテンウッドのテーブルに懐中時計を置くと、当たり前のように隣に潜り込んでくる。

忙しいときは、シャーリーにホットミルクだけ渡して、後から勝手に潜り込んでくるのだが、今夜は一段落しているらしい。

シャーリーは彼の肩を冷やさないように、毛布をたくし上げた。

「お疲れ様……。結局なにも手伝わなかったけど、良かったの？」

自分のベッドで寝るように言おうかとも思ったが、今日は頑張って執務をこなしている姿を見ていたので、早く休ませてあげたい気持ちの方が勝った。

「いいんだ。僕は姉さんが傍にいてくれるだけで仕事がはかどる。……ところで、僕のいないところで、バーナードはなにか言ってた？」

ラルフは顔を顰めながら尋ねてくる。

「心配しなくても、ラルフはやる気になれば優秀だって話していただけよ」

バーナードはラルフを早く一人前の当主にしたいと思っているのか、本人を目の前にすると一切褒めることがない。だが、シャーリーにはいつも、ラルフに対して感心している様子をみせている。ラルフにもそんなバーナードの気持ちが伝わるといいのに……と、考えていると、彼は予想外のことを尋ねてくる。

「僕のことじゃなくて、……あいつ、シャーリーに色目を使ってこない？」

「え？」

あの生真面目なバーナードに限ってありえない。だいたい彼は、年が離れた兄や父のような存在だ。

「そんなことするわけないわ。いったいなにを言い出すの」

呆れてしまったシャーリーは、ラルフの額を指で弾く。

「シャーリーは解ってない！　もう年頃なんだって自覚してよ。男が目の前にいたら、みんな獣だと思っていいぐらいなのに」

「はいはい。解ったから、もう寝よう。おやすみ、ラルフ」

「うん、お休み。姉さん。……いい夢を」

ふかふかの枕に頭をのせると、あくびが出てしまう。シャーリーは寝起きは悪いが、とても寝つきがいい。こうして身体を横たえると、すぐに眠気が襲ってくる。

今日こそはいい夢が見られるように、そう強く願った。

＊＊　＊＊　＊＊

——その夜。シャーリーは淫らな夢に囚われていた。

それは、避けようとしても逃れられず、夜ごと繰り返し見ている夢だ。

リネンの海に溺《おぼ》れ、華奢な身体が温かい腕に抱きすくめられる。

抗おうとしても無駄だ。強い力の前には、ひれ伏すしかない。

熱い吐息を漏らす唇が柔らかく塞がれて、薄いナイトガウン越しに身体を弄《いじく》られる。

「ん……、く……ぅ……っ。……はぁ……」

擦れ合う唇の感触に首筋に震えが走り、胸の膨らみを揉《も》みしだいてくる巧みな指の動きに、身悶えてしまう。

「……ぁ、や……、やぁ……っ」

このままでは、今夜もまた夢のなかで淫蕩《いんとう》に耽《ふけ》ってしまう。

そんな予感に、戦慄が走る。

男を知らぬ身だというのに、身体中を弄られ、艶めかしく舌を搦め捕られる感触に、幾度となく絶頂を迎えさせられる。これは、そんな淫らな夢だ。

――だめだ。たとえ夢でもこんな淫らな行為を受け入れるわけにはいかない。

今夜こそは瞼を抉《こ》じ開けて、夢から脱するのだ。だが、いくら抗《あらが》っても、いっこうに目は覚めてくれない。

せめてもの抵抗にシャーリーは顔を背けた。押しつけられる唇から逃げるにはこれしか考えられなかったからだ。しかし、強引に頤《おとがい》を摑まれて顔を上げさせられると、ふたたび唇が奪われてしまう。

「んぅ、……んんっ」

だめだ。

夢のなかだとしても、男と淫らな口づけなどしてはいけない。そう思っているのに……。

柔らかく唇が啄まれてチュッと吸い上げられるだけで、官能の疼きに火が灯された。

ぬるついた舌は、次第にシャーリーの口腔《こうこう》のなかへと押し込まれていく。

とっさに顔を傾けようとしても、力づくで顔を戻されて、逃げられない。蠢《うごめ》く熱い舌先は口腔の粘膜《ねんまく》を暴いて、奥へ奥へと入り込んでくる。

「……やっ、やめ……、……は……んぅ……っ」

口蓋をねぶられ、歯列や歯茎、そして舌の付け根まで、蠢く熱い舌に辿られていく。

まるで、卑猥《ひわい》に蠢く生き物が口腔のなかで暴れているかのような感覚だった。

「く……っ、ん、ん……ふ……っ」

敏感な舌の上をヌチュヌチュと淫らに擦りつけられると、身震いするほどの痺れが駆け抜けた。

男の長い舌が、シャーリーの口腔中を支配し、溢《あふ》れる唾液が啜り上げられていく。

ジュクッジュプッと粘着質の水音が、耳孔の奥を嬲《なぶ》るせいで、いっそう官能を掻き立てられてしまう。ゾクゾクとした快感が、背筋から脳髄《のうずい》、そして四肢にまで走り抜ける。

「……ん……んぅ……」

たっぷりとした口づけを与えられる間も、火照った肢体《したい》を弄る手はとまらない。大きな掌のなかで、シャーリーの柔らかくも張りのある乳房が布越しに揉みしだかれる。

きつく優しく、緩急をつけて柔肉《やわにく》を摑みあげ、そして弧を描くように揺さぶる。巧みな指の動きに、思わず喘《あえ》ぎそうになった。

「……ん……っ」

漏れそうになった声を、呼吸とともに無理やり飲み込んだ。

「……、く……っ、放し……っ」

掠れた声で訴えながらも、身体の芯が疼いて高ぶる熱を抑えられない。

こうして乳房を嬲られるたびに、感じやすい身体へと変えられていっている気がする。

薄い布越しにツンと勃《た》った乳首を抓《つま》まれ、側面を擦り上げられると、どうしようもなく身体が疼いてしまう。

「……は……っ、ん、……んんぅ……」

リネンに背中を擦りつけ、ビクビクと身体を引き攣《つ》らせ熱い吐息を漏らす。

すると男は、無防備な耳朶《じだ》をねっとりとした舌で舐め上げ、ひどく楽しげな声で囁いてきた。

『乳首、舐められるの……、好きだよね。邪魔なガウンなんて、脱げば？』

シャーリーは懸命に首を横に振って否定した。

「……いや……っ、そんなの好きじゃな……ぃ……、放して……」

濡れた舌先が耳殻《じかく》を擽り、敏感な奥を抉《えぐ》り始める。

「やぁ……っ、……み、耳、……舐めるの……いや……っ」

ヌルリヌルリとした感触が、執拗に耳のなかを這う。

身悶えながらも、顔を背けようとした。だが、さらに耳孔の奥まで舌を押し込まれ、衝動的に身体が跳ねあがった。

「……ん……っ、んんぅ……っ。あ、あぁっ」

敏感な耳奥を、濡れた舌にチュクチュクと舐め上げられるたびに、甘く濡れた声で喘いでしまう。押し殺そうとしても自分ではとめることができない。

「ふぁ……、あ、んぁ……」

甘い痺れに翻弄されてビクビクと痙攣《けいれん》するシャーリーを、男は愉《たの》しげに見下ろしていた。

そして、クスクスと楽しげに喉元で笑んでみせる。

『「自分は嫌がったのだから、悪くない」……って、言いたくて、気持ちいいのに抵抗しているふりしているの？』

違う。否定したくても、狼狽のあまり言い返せなかった。すると、男はさらにシャーリーを言葉で貶めてくる。

『ずるいよ。……ずるくて、いやらしい。……見ているだけで、堪らなくなるほど、感じやすい身体なのにね』

そんなことない。ずるくなんてない。いやらしくなんてない。

男を知らない清らかな身体なのだ。感じやすいわけがない。

否定したいのに、キュッと乳首を抓まれ、甘い痺れが下肢にまで駆け抜けると、思わず「あんっ」と強請るような声を上げてしまう。

『僕が言っていることを認めるまで、弄ってあげようか』

そうして、シャーリーの身に纏っているナイトガウンの紐が、ゆっくりと解かれていく。

露わにされた胸の膨らみを、舐り上げるようないやらしい視線が這う。そんな瞳で見ないで欲しかった。

男の視線から逃れたくて、シャーリーは腕で胸の膨らみを隠そうとする。だが、その手が遮られてしまった。

『邪魔をするなら、今すぐ抱いてしまうかもよ？』

脅し同然の言葉に身体がすくみあがる。この夢のなかでも、シャーリーの身体はかろうじて無垢なままだった。

たとえ夢でも、肉棒を突き上げられ貞操を奪われるなんて、受け入れがたい行為だ。

「いや……、それだけは許して……」

シャーリーは瞳を潤ませて、恨みがましい視線で男を睨みつける。

『大人しくしてて。……僕はひどいことなんてしないよ。気持ちよくしてあげたいだけ』

隠すことを許してもらえなかった胸の膨らみが、男の両方の掌で包まれた。たとえ、どれほど胸が苦しくても……逃げられない。そして、拒めない。零れ落ちそうなほど大きな乳房が摑みあげられる。

「……そんなに強く……っ、や……」

柔肉が卑猥に形を変えて揉まれる様子を、ただ息を飲んで見つめるしかなかった。

「あ、……っ、く……っ、ん、んぅ……」

掌のなかで執拗に捏《こ》ね回し、柔肉の感触を愉しんだ後、男は薄赤い胸の突起に顔を寄せてきた。肌にかかる吐息が、ひどく熱い。

「……だ……め……っ」

もうなにをされるのか予測はできていた。シャーリーは掠れる声で訴える。

『なにがだめなの？　教えて欲しいな』

乳首を舐めるつもりでいることは解っていた。だが、そんな淫らな言葉を淑女の口から言えるわけがない。

「……な……っ」

真っ赤になってブルブルと震えていると、男はさらに愉しげに口角を上げた。

『なにをやめて欲しいのか、言ってくれないなら、やめようがないものね』

官能的な声で囁かれ、熱い吐息でいっそう乳房を嬲る。そのまま、濡れた舌が伸ばされていく。

「……だめ……っ、だめぇ……っ」

覆いかぶさる格好で胸の膨らみが摑まれているため、ほとんど身動きがとれない。逃れられないまま、乳輪の形に沿うように、ゆっくりと舌で擽られる。シャーリーの胸の頂にある乳首が固く尖ってジンジンと疼きを走らせる。

『僕にこうされるの、本当はずっと待ってたくせに。……感じやすくて、とってもいやらしい乳首、いっぱい舐めてあげる』

ツンと固く凝った乳首が、男の生暖かい口腔に咥えられた。そして、窄めた唇で吸い上げられ、ビクビクと腰が跳ねあがる。

「ひ……んぅ……っ」

熱くぬるついた舌が先端を舐め上げ、クリクリと口腔のなかで転がされていく。

『こうして吸っていると、甘い蜜が出てきそうだね。とってもおいしいよ』

淫らな感触に耐え切れず、シャーリーは身を捩って逃げようとする。だが、いっそう深く唇に咥え込まれ、痛いぐらいに吸い上げられた。

「……あ、あぁ……っ。でな……っ、なにも出ない……から、も……お願い、……吸わな……で、……。やぁ……っ」

甘く掠れた声で訴えても、男は行為を激しくするだけだ。痛いぐらい乳房を揉んで、固く尖った乳首を交互にチュブチュブと吸い上げては、舌先で嬲るように、卑猥に舐めしゃぶる行為を繰り返す。

『ふふ。なにも出なくても甘いよ。とっても……。ああ。この感触、……堪らないな。固くて弾力があって』

乳首の凝り固まった感触を愉しむようにクッと甘噛《あまが》みされると堪らなかった。

「ひんっ！　やぁ……」

食いちぎられそうな恐怖から、シャーリーは悲痛な声を上げてしまう。

『はぁ……。すごくおいしい……。舐めているだけなのに、僕も勃ちそうになる』

今度は慰めるようにチロチロと舌が這わされ、唇で乳首の側面を擦り立てられていく。

「……あ、あ、……あふぅ……んんっ」

微かに触れる感触に、焦《じ》れた身体が悶えた。

身体の芯を甘い疼きが駆け抜けていく。膣肉《ちつにく》の奥深くから淫らな蜜が溢れ出し、熱く火照った媚肉《びにく》をしとどに濡らし始めた。

『……こうするとビクビクするね……。やっぱり舐められるのが好きなんだ？　素直に認めたらいいのに』

いやらしい身体だと遠回しに告げられ、シャーリーは首を左右に振ることで懸命に否定しようとした。

「ちが……っ、違う……」

しかし、男の長い指は腹部を弄りながら、下肢へと向かっていく。鳶色をした薄い茂みの奥に隠された秘裂《ひれつ》を擽るように指で開かれ、震える陰部が露わにされた。

「……触らな……でぇ……」

冷えた空気に嬲られ、熱く震えた媚肉がヒクヒクと震える。その中心にある蜜口が、男の指の腹で上下に擽られ始めた。

『ここ、……濡れてきた……。ほら、解るよね？』

濡れそぼった膣孔《ちつこう》の入り口を、ちゅぷちゅぷと指で嬲られていく。

「……やぁ……ん、……」

敏感な肉びらを男の指が掠めると、衝動的に腰が跳ねてしまう。もっと触れられたい。そんな欲求が湧き上がってくる。シャーリーは歯を食いしばることで感覚に耐えようとした。だが、骨ばった長い指が淫猥《いんわい》な肉の割れ目を擦り始めると、堪らなくなって喘いでしまう。

「あ、あふ……、……ん……くぅ……んっ」

蜜源に指を押し込んではすぐに引き抜き、ふっくらと膨らんだ花弁のような突起の奥に隠された肉芽《にくめ》を擽ってはすぐに離される。

緩急をつけた指の動きに翻弄され、シャーリーは熱く火照った身体を、誘うようにくねらせるしかできない。

「も……やめ……っ」

足を閉じることで拒もうとすると、敏感な内腿の柔肉が擦られて肌が粟立つ。

「……んんぅ……っ」

少しでも逃げようとして腰を引かせた。だが、巧みな指先は膣肉を押し開き、さらに奥を暴いてくる。

『挿《い》れたいな。……シャーリーの熱い襞、拡げて……、僕のペニスでグチャグチャに突き回してあげたい』

　これまでの夢のなかで、固く憤った欲望を下肢になんども押し当てられた記憶が頭を巡り始める。あの熱く蠢いていた肉の楔が、自分の身体を貫く。

　そう思うだけで、ゾッと震えが駆け抜ける。

「だめ、……だめぇ……っ」

　淫らな蜜に塗れたシャーリーの秘裂が掌で擦りつけられ、同時に、長い指がヌプヌプと抽送《ちゅうそう》されていく。膣奥から溢れる淫らな蜜で濡れそぼった指が動くたびに、ヌルついた感触が伝わってくる。

『本当は僕としたいくせに……。嘘つきだね』

　肉びらごと花芯《かしん》をクリクリと擦り立てられ、堪らないほどの愉悦《ゆえつ》が下肢から迫り上がっていた。

「……違う、違う……っ、したくなんて……な……」

　熱い媚肉が左右に開かれ、隠されていた陰部を指で掻き回され、ガクガクと腰が痙攣する。とめどない愉悦に翻弄されているシャーリーの乳房を摑みあげ、男はふたたび固く尖った乳首を唇で咥えた。

『ほら、ここ。舐められたら、腰を振っちゃうのに』

ねっとりとした舌がヌルヌルと上下に動かされると、敏感な尖りは身体中に痺れを走らせてしまう。

「……やぁ……っ、やぁ……んっ」

ひどく感じてしまう場所を、巧みな指と熱く濡れた舌で同時に弄り回される感触に、頭の芯が霞み始めていた。

このままでは蕩けてしまう。シャーリーは、男の熱と舌で、すべてドロドロに、跡形もなく消されてしまう。

そんな不安と愉悦に、身体が、そして心が翻弄されていく。

「……ん、んぅ……っ、はぁ……、あぁ……、あぁぁっ！」

リネンの上で腰を浮かせ、ガクガクと身体を引き攣らせながら絶頂を迎えたシャーリーを、男は舐るような眼差しで見つめてくる。

「はぁ……っ、はぁ……っ、も……もぅ……、許して……」

夢ならもう覚めて欲しかった。それなのに、今夜の夢も執拗で、いつまでも覚めてくれない。

『こんないやらしい身体なんだから、舐められるだけで、満足できるわけがないよね』

そう言いながら唇を塞ごうとする男から、シャーリーは顔を背けた。

「いやっ」

そのままリネンにしがみ付いて、背中を向ける。

一刻も早く逃げたくて、リネンを強く摑み這うようにして、必死に男から離れる。だが、半脱ぎになったナイトガウンの襟を摑まれ、腰まで引きずりおろされてしまう。

『こっちも舐めて欲しいなんて。かわいいよくばりさんだね』

剝きだしになった背中に、ツッと濡れた舌が這う。火照った肌から滲み出す汗を舐めとり、チュッと吸い上げられる。

啄《ついば》まれるたびに、ゾクゾクと背筋が震えてしまって、力が抜けてしまいそうだった。

「ちがっ、舐めてなんて言ってな……、くぅ……ん、んぅっ！」

懸命に否定するシャーリーを責めるかのように、後ろから強く胸が摑まれた。

固く尖った乳首が、指の腹で挟まれ、揉みあげられていく。

指の腹に薄赤い突起が擦られるたびに、鈍い疼きが身体を駆け巡った。

「はぁ……っ、ん……ぁ、あふっ」

シャーリーは仰け反りながら、熱い吐息を漏らす。赤い唇を開いて、卑猥に蠢いた赤い舌を伸ばすと、物欲しげな喘ぎが漏れる。

『言ってなかった？　じゃあ、心が望んだだけってことだね』

その言葉は、シャーリーをさらに淫らな女だと貶めるものだった。

違う。涙に濡れた瞳を切なく細め、背けることで否定した。とつぜん痛いぐらい顎が摑まれ、熱い吐息が首筋にかかり、そのまま柔らかく歯を立てられる。

「……ひ……ぃんっ！」

シャーリーは痛いのに感じてしまって、リネンの上で、腰を揺らしてしまう。

なんども甘噛みされた後、震える肌を優しく舐め上げられた。ねっとりと肌を這い上がる熱く濡れた感触は、次第に首筋から耳の後ろへと伝っていく。

「……ふ……あ、あぁっ」

耳を唇に咥えられ、舐めしゃぶられ、そして耳奥を抉られる。その淫らな口淫《こういん》と舌遣いに腰が抜けそうになった。

「も、もう……無理……、耳も舐めちゃ……、や……ぁ……」

濡れた声は、蕩けるように甘くて、誘っているようにしか聞こえなかった。まるで別人のような艶めいた声に、いっそう泣きそうになる。

『なにが無理なの？　感じ過ぎて僕が欲しくなるってこと？』

男はいじわるな言葉を囁きながら、シャーリーの下肢に手を這わせてきた。じっとりと濡れた陰部を開き、ふっくらと膨れた花芯をクリクリと擦りつける。

「いやぁ……っ、そこ触っちゃ……、いや、いやぁ……っ」

鋭敏な突起への愛撫に、シャーリーは衝動的にガクガクと身体を揺すりたてた。

ヌルついた液を擦りつけるように、優しく強く花芯を捏ね回され、激しい疼きが子宮にまで響いていく。

『いやらしくお尻振りながらそんなこと言われても、誘っているようにしか見えないのに。素直に挿れてって、言いなよ。熱く濡れたここ、ぐちゃぐちゃになるぐらい貫いて、……気持ちよくしてあげる』

愉悦を身体中へと駆け巡らせる淫らな肉粒《にくつぶ》を指先で弄びながら、誘うような声で迫られる。しかし、どれだけ淫蕩に耽った夢に囚われていても、頷けるわけがない。

「ち……、違う……、ほ、……本当……に……いや……っ、なの……」

しゃくり上げながら訴える。息は乱れてしまっていて、苦しいぐらいだ。

リネンにしがみ付いて快感に打ち震えながらも、懸命に矜持を捨てようとしないシャーリーに、悪魔のような誘惑が迫ってくる。

『欲しいくせに』

聞くものすべての理性を蕩かして、肉欲の坩堝《るつぼ》に引きずり落とすような、甘く淫らな囁

き声が聞こえる。やがて、熱く濡れそぼった蜜孔《みつあな》を、二本の指が貫いた。ヒクリ

「んんぅっ！」

狭い肉襞《にくひだ》が左右に押し開かれ、ヌチュヌチュと粘膜を嬲るように掻き回された。ヒクリと物欲しげに震える襞から、トロリと甘い蜜が伝い落ちていく。

『なか、……熱い……。挿れたい……。ねえ。……我慢したくない。……もう、抱いてもいいよね』

指を押し回しながら、上下に抽送する動きが加えられると、頭のなかまで真っ白になってしまいそうになる。だが、シャーリーは懸命に訴えた。

「……だめ……、だめ……ぇ……」

いけない。こんなことはしてはいけない。

『どうして？』

不思議そうに囁く声。どうして解らないのだろうか。シャーリーの目の奥がジンと熱くなり、青々と茂る葉のような深緑の瞳が潤む。

「だって……、私たちは……。……姉弟なのよ……」

夢のなかでシャーリーを嬲っていた男の顔は、弟のラルフだった。

この世の中で、もっとも触れてはいけない相手だというのに、たとえ夢のなかだとして

も行為を続けられるわけがない。

どうして自分は、毎夜このような淫らな夢に囚われてしまうのだろうか。

懸命に目を抉じ開けようとするのに、なぜ夢から覚められないのだろうか。

シャーリーは愚かで、そして淫らな自分が恐ろしくて堪らなかった。けれどラルフは、シャーリーの拒絶を聞きながらも、薄く笑うだけだ。

『姉さん。……愛してる』

強引に身体が仰向けに返され、ラルフがのしかかってくる。

「は、放して……っ、だめって言ってるの……。お願いだから聞いて……」

身を捩りながら、懸命に訴える。だが、ラルフはツンと固く勃った乳首の先を唇で挟み、軽く吸い上げてくる。シャーリーが柔らかな胸の膨らみを波打たせながら悶えると、腕を摑まれ、身体を固定されてしまった。

そのまま濡れた舌先で、薄赤い突起が上下になんども転がされる。

ラルフの形の良い唇がシャーリーの乳首を咥えている。そう思うだけでゾクゾクしてしまう自分をとめられない。

「……ん、あ……っ、あぁ……」

くすぐったいのに、じくじくと鈍く疼いていた。もっとして欲しくて、強く吸って欲しくて堪らない。求めてしまいそうになる自分が嫌で、ラルフの唇から逃れたいのに、まるで求めるように肩口を揺らすしかできない。

「く……んぅっ……、……は、……はぁ……はぁっ、ンンぅ……」

息を乱しながら溢れる唾液を飲み込む。だが唇を閉じるとすぐに苦しくなって、舌を伸ばしたまま、喘いでしまう。

「……い……っ」

気持ちいいと、衝動的に声を上げそうになるのを、シャーリーはギリギリのところで飲み込んだ。歯を食いしばり、淫らな言葉を口走らないように堪える。

「んっ、んぅ……っ」

枕の上で鳶色の髪を振り乱し、無防備に喉元を晒しながら、シャーリーは身体を震わせていた。そんな姿を、ラルフは恍惚《こうこつ》とした表情で見つめてくる。

『感じるのが恥ずかしくて震えてる姿も、かわいいね。でも、そんな風に抵抗されると、無理やりにでも欲しいって言わせたくなるのに』

クスクスと笑う声に、いっそう泣きたくなった。夢のなかのラルフはどうして、こんなにもいじわるなのだろうか。

もしかして、ラルフに強引に身体を奪われたいという願望を、シャーリーは心のなかに抱いてしまっているのだろうか。

「しないで……っ、お願いだから、気持ちよくしないで……、あなたは私の弟なのよ」

シャーリーはブルブルと頭を横に振る。このままでは完全に理性がなくなっていく。

そうなったら、ラルフを拒みきれなくなる。

いずれ、受け入れてしまう。

『それなら、弟に触られたぐらいで、悦《よ》がらなければいいのに』

「だ、だって……」

ラルフは『弟』という言葉を、嘲笑《あざわら》うかのような声で告げてくる。

『僕の舌が気持ちいいのは、姉さんが望んでいるからだ』

シャーリーのほっそりとした腰のラインが、巧みな指先で辿られて、次第に下肢へとさがっていく。

「……違う……、これは……夢だから……」

腕が放されたシャーリーは、胸の膨らみを両腕で隠した。しかし、今度は大きく足を開かれてしまう。

『夢も現実も同じだよ。姉さんは僕に抱かれたいんだ』

ラルフの目の前に晒される媚肉は、どうしようもないほど濡れてしまっている。

『……ほら、このいやらしく濡れそぼった孔を、僕の大きくなったこれで、いっぱいに満たして、掻き回して欲しくて、堪らないくせに』

　彼はまるで地を這う犬のようにシャーリーの秘裂に顔を近づけてきた。そして、長い舌を伸ばして包皮を剝くと、嬲るように花芯を吸い上げてくる。

「はぁ……、あ、あぁっ」

　熱い粘膜に包み込まれ、固く勃った小さな肉粒が疼きあがった。内壁の襞がキュウキュウと収斂《しゅうれん》し、淫らな蜜がいっそう溢れていく。

『膨らんだ肉芽がいやらしい。……僕に触られて、気持ちいい？　ビクビクしてる』

　言わないで欲しかった。

　そんなことないと信じたいのに、身体が乱れてしまう。

「……あ、あふ……」

　頭のなかが沸騰しそうな快感が迫り上がってくる。熱い舌に舐められるたびに、ガクガクと腰が浮き上がって、実の弟に対してもっとして欲しいと懇願しそうになってしまっていた。

　だめなのに……たとえ夢のなかでも、こんなことをしてはいけないのに。

　ラルフはやめてくれない。それどころか、堪らなくなるほど感じてしまうシャーリーの花芯を舐めしゃぶりながら、その淫らな反応を言葉で伝え始めた。

『……あ……、いま舌でもっと舐められたくて、腰を突き出した。唾液と蜜に濡れて、ぬるぬるしてる。ああ、齧って食べてしまいたい』

歯を立てられる恐怖に、ビクビクと身体が跳ねる。

「いや……っ、齧っちゃ……、やぁ……」

リネンの上で身悶えるシャーリーの腰が抱えられ、いっそう強くラルフの唇や舌で肉芯《にくしん》が貪られていった。

『ん……、じゃあ、しゃぶってあげる。こうして……いっぱい』

吸い上げられる。転がされる。しゃぶられる。そして、蕩かされていく。

「はぁ……はぁっ。……ひぃ……んぅ……っ」

このままでは頭のなかが本当におかしくなってしまう。そんな風に怯えてしまうほどの、得も言われぬ快感だった。

『……ほら、抱いていっていいなよ。僕に抱かれたいって認めたら?』

抵抗の言葉を吐きながらも、シャーリーは浮かせた腰を無意識に、ラルフの唇の方へと押しつけてしまっていた。

「……こ、こんなの……、ちが……っ、違う……っ。いやぁ……」

嫌なのに、とまらない。羞恥も理性も、なにもかもが遠く掠れてしまう。

ラルフは媚肉の間に溢れた甘蜜を啜り上げ、花芯や蜜孔、会陰《えいん》や後孔にいたるすべてを舌と唇で激しく貪り続けていた。

熱い。身体が熱くて、頭の芯から朦朧《もうろう》としてくる。

息を吸いたいのに、すぐに喘いで吐き出してしまって、呼吸がうまくできない。

「は……ぅ……、ん、……んんっ」

――そうして、ヒクヒクと震えながら膨張した花芯をきつく吸い上げられたとき。

「んぅ……っ、あ、あぁ……、あぁぁっ！」

シャーリーは、ガクガクと腰を痙攣させながら、ひときわ甲高い嬌声《きょうせい》を上げた。

「やぁ……んっ！」

ビクンビクンと、激しい喜悦《きえつ》に放心するシャーリーの下肢からラルフは顔を上げる。

そして、ぐったりと弛緩したシャーリーの身体を抱き上げ、楽しげに微笑んでみせた。

『明日はもっと楽しいことをしてあげる。小さくてかわいいここをいっぱいにされている姉さんを想像するだけで、堪らないよ』

ラルフがなにをしようとしているのか解らず、シャーリーは息を乱しながら首を傾げる。

すると彼は、シャーリーの赤くふっくらとした唇に、指を這わせながら愉しげに宣告した。

『この舌の上に僕のペニスを擦りつけて、咥えさせてあげるって言ってるんだ』

弟の性器を咥えるなんて、そんなことができるわけがない。

シャーリーは力の入らない手で、ラルフの胸を押し返そうとした。もちろん、ビクともせず、逃げられなかった。

「いや、いや……、明日はこんな夢、見ないっ」

自戒すれば、淫蕩に耽る夢など二度と見ないはずだ。だが、ラルフは嘲笑うかのように言った。

『見るよ。……逃げられるもんか。これは……姉さんの願望なんだから……』

違う。

シャーリーはこんな願いなど抱いてはいない。

懸命に訴えようとするが、いつしか声を発することができなくなってしまっていた。

しばらくして、暗い沼の淵から無理やり引きずりあげられるような感覚がした。

「い、……いやぁ……っ」

やっと声を上げられたと思ったとき。

辺りの風景は一変していた。見慣れた天井が目に入る。薄暗い部屋を照らしているのは、月明かりだ。一番大きな窓のカーテンを閉め忘れてしまっていたらしい。

「はぁ……っ、はぁ……、やっぱり……夢……」

あまりの生々しさに、もしや現実なのではないかと疑ったほどだ。だが、あんな淫らな行為を、ラルフが実の姉に対してするわけがない。すべて夢に決まっている。シャーリーは自分に言い聞かせて乱れた呼吸を整え、額の汗を拭う。

ふと、懐中時計の秒針の動く音が聞こえてくる。

隣に顔を傾けると、ぐっすりと眠り込んでいるラルフの寝顔が見えた。

「……ラルフ……」

まだ心臓が怯えるように高鳴っている。あんな恐ろしい夢を見たのだから当然だ。

「あれは……夢……よ。私の願望なんかじゃ……」

シャーリーが自分に言い聞かせていると、隣で眠るラルフが温もりを求めてか、身体をすり寄せてきた。

「毛布がずれてしまったのね」

ラルフの子供っぽい仕草に目を細め、彼の肩口まで、毛布を引き寄せようとしたときだった。あとほんの僅かで、唇が触れる距離に、ラルフの顔が近づいた。

「……っ」

ラルフはよく眠っていた。なにをしても起きそうにないぐらいに。

シャーリーはぎゅっと自分の手を握り締めた。掌が緊張からじっとりと汗ばむ。ほんの少しの間でいいから、触れたい。そんな淫らな欲求が湧き上がり、自ら唇を突き出したくなる。

「……だ、だめ……」

そんなことをすれば姦淫の罪に落ちるも同然だ。しかも、ラルフは眠っている。無防備に身体を横たえている相手に、触れるなんて許されないことだ。

ラルフは弟。血の繋がった家族なのだ、とシャーリーは懸命に自分に言い聞かせる。とにかく離れなければと、震える手でラルフの身体を押そうとした。だが、寝返りを打った彼の身体が倒れ込んでくる。そうして、ふたりの唇が重なった。

「……ん……ぅっ」

シャーリーは目を瞠ったまま、硬直してしまう。

今朝、いたずらに挨拶のキスをされたばかりだ。ラルフとはこれで二度も口づけをしてしまったことになる。

カタカタと震えながら、シャーリーはラルフを押し返そうとした。しかし、反対に深く唇が塞がれ、舌が押し込まれてくる。

「だ、……」

だめだと言おうとした。だが、この状況でラルフを目覚めさせては、大変なことになってしまう。

「……ん、んぅ……」

蠢く熱い舌が、シャーリーの口腔を掻き回してくる。夢のなかで感じた以上の淫らな感触に、ビクビクと身体が引き攣る。

「ん、くぅ……っ、あ、……あぁ……っ。こんなこと……しちゃ……」

慣れた舌の動きだった。

きっとラルフは恋人であるリリアンと、口づけをする関係にまで発展してしまっているのだろう。

もしかしたら今も夢のなかで、彼女と口づけているのだろうか。

そう思うと、ラルフを誰にも渡したくないという独占欲と、清らかだった弟が穢《けが》された悔しさが、胸に去来してくる。ラルフは自分だけの弟だ。他の誰にも渡したくない。

「ん、ンンぅ……。はぁ……、んん」

気がつくと、シャーリーは夢中になってラルフの舌を貪り始めてしまっていた。

「……く……、ん……ふぁ……。ん、んぅ……」

熱くてぬるついた舌の感触が気持ちいい。もっと強く絡み合わせて、喉の奥まで擦りつけてしまいたい。そんな欲求に、クラクラと眩暈《めまい》がする。

今と同じように、ラルフを誰にも渡したくなくて、嫉妬した記憶が蘇ってくる。

幼い頃に、邸に遊びに来た友達が、ラルフに抱きついたときのことだ。

『触っちゃだめっ。ラルフは私だけの弟なの！』

身勝手なことを言って怒りだしてしまったシャーリーを、ラルフは優しく宥めてくれた。

『そうだよ。僕は姉さんだけのもの。……だから、そんなに怒らなくていいんだ』

――大好きで、誰よりも愛していて、かけがえのない弟。

今思えばあのときすでに、実の弟であるラルフに恋をしていたのかもしれない。

「……ん……、ふぁ……。舌……気持ち……いい……っ」

思わず感嘆の声を上げる。すると、眠り込んだままのラルフが、シャーリーの身体にのしかかってきた。

夢のなかとは違う相手に口づけていることにも気づかずに、彼は夢中になってシャーリーの舌を吸い上げてくる。

ラルフが掠れた声で、うわ言のように呟く。

「……ん…っ。いいよ……もっと……」

現実のリリアンがするよりももっと、ラルフを気持ちよくしたかった。

「んんぅ……っ。んぅ……。ラルフ。……いっぱ……ぃ、キスして……。……私に……、あ、あふ……」

疼く唇を擦り合わせ、口腔を掻き回す舌をチュッと吸い上げる。すると、捏ね合わされたふたりの唾液が、シャーリーの喉の奥へと流れ込み、いっそう淫らな気分を掻き立てられた。

「……くふ……っ」

咽頭が震える。もっと奥まで、もっと強く、舌を絡めたい。

ラルフの熱い舌が、歯列や頬の裏を舐りあげてくる。

「ん、……んぅ……っ」

ぬるついた舌が絡み合い、ゾクゾクと震えるたびに、鼓動が高鳴る。

ラルフと口づけている。その事実だけで、いっそう身体が火照ってしまって、下肢の奥がキュンと切なく収縮する。

いけないのに。

弟の舌なのに、弟の唇なのに、弟の体温なのに、気持ちがよくて、とまらない。

そうして、疼く唇をラルフに重ねて離せないまま、淫らな夜は更けていった。

第三章　押し開かれた秘密

寝ぼけたラルフと口づけを交わした夜から、シャーリーは弟の顔が見られなくなってしまっていた。交わす言葉すら震えてしまう。

そんな彼女を嘲笑うかのように、ラルフと彼の恋人であるリリアンの交際は順調そうだ。ふたりが仲睦まじくしている姿を頻繁に見かける。シャーリーはその光景を見るたびに罪悪感が湧き上がった。どうして、眠っているラルフに口づけるという身勝手な真似をしてしまったのだろうか。だが、シャーリーがいくら後悔しても時間を戻すことはできない。

シャーリーは、現実から逃げるように、放課後の迎えの馬車が来るまでの時間を第二音楽室で過ごすようになった。

付き合い始めたばかりの恋人であるロニーの奏でる音楽は、甘く心を癒してくれる。

それは今のシャーリーにとって、かけがえのない時間になっていた。

「そんなに俺とふたりきりになりたい？」

からかうような声で、ロニーが尋ねてくる。シャーリーと彼は恋人同士になったはずなのに、まだ実感が湧かずにいた。彼に近づくことですら、いまだに躊躇いを覚えてしまうからかもしれない。

この部屋に来る理由も、ロニーに会いたいというよりも、彼のピアノが聴きたいからだ。それに、弟のラルフにキスしてしまったあの夜から、シャーリーはラルフだけでなく男性すべてと目が合わせられないままでいる。

「そんなつもりじゃ……」

窓際から一番離れた長椅子に腰かけたシャーリーは、口籠りながらもロニーに答えた。

彼はピアノを弾く姿を誰にも見られたくないらしく、いつもカーテンを閉めている。だからこの音楽室にいれば、中庭で恋人のリリアンと過ごすラルフを見ずに済む。

窓際から離れていれば、ふたりの声を耳にしなくても済む。

打算的な自分が嫌になった。しかしいつまで経っても、ラルフと一方的に交わしたキスの感触や、彼への恋慕が断ち切れない。

「……シャーリー……」

いつの間にかピアノの旋律はやんでいて、目の前にロニーが立っている。

「どうしたの？」

不思議に思ってシャーリーは首を傾げた。ロニーはさらりとした自身の黒髪を払うと、シャーリーに顔を近づけてきた。

──彼は、キスしようとしているに違いない。

そう思った瞬間、シャーリーは避けるようにパッと顔を逸らしてしまう。

ロニーは残念そうに苦笑いしたが、無理強いはしなかった。それどころか、怯えるシャーリーに優しく問いかけてくる。

「まだ、俺とキスすることに躊躇いがある？」

小さく頷くと、ギュッと手を繋いでくれた。伝わってくる温もりに少しだけ心が和らぐ。

「明日の休みに、一緒に出かけようか」

それはデートの誘いだった。

家族以外の男性と出かけたことのないシャーリーは、一瞬、返答に悩んでしまう。

「あまり深く考えないで。……ほら、放課後に少し話すだけじゃ、お互いのことも解らないし、こうしてふたりで過ごす時間を増やしてみるのはどうかなって」

確かにその通りだ。

それにシャーリーは、弟への許されない恋慕を一刻も早く断ち切らなければならない。この誘いから逃げずに、優しい恋人との距離を縮めるべきだろう。

「どこか、行きたいところはある？」

尋ねられるが、すぐに浮かばなかった。結局は、ローレル・カレッジに併設された図書館に行くことになる。これではデートというよりは勉強会だ。

「それじゃあ、楽しみにしてる」

話を終えた頃、邸から迎えの馬車が来る時間になっていた。

シャーリーは第二音楽室でロニーと別れ、ひとりで校舎の玄関口に向かって行く。

明日、生まれて初めて、男性とデートをする。なにを着て行こうかと考えるだけで、落ち着かない気分になった。

ラルフ以外の男性と一日中、ふたりきりでいるのも初めてだ。

なんだか、カァッと頬が熱くなって、それを抑えるために手で顔を覆った。

「おい、シャーリー」

すると、クラスメイトのクレイブが怒気を孕んだ声で、後ろから名前を呼んでくる。

「どうかしたの？」

恐る恐る振り返る。鍛えられた体躯を持つクレイブが傍に寄ると、いつも以上に体格差を思い知って気圧される。

「転校生の野郎と付き合っているって本当か？」

「……ええ。そうよ」

シャーリーが正直に答えると、クレイブは恐ろしい形相で廊下の壁を殴りつけた。

「……ちっ」

強い力で殴られた漆喰の壁からは、ミシミシと音がする。ひび割れなかったのが不思議なぐらいだ。

「お前は男が苦手なんじゃなかったのか。どうしてあんな転校してきたばかりの奴を選んだんだ。この私が花嫁にしてやると言っているのに」

「……ロニーは優しいから……」

確かに、シャーリーを先に口説いてきたのはクレイブだ。たが、人と人が付き合うのに、先に出会ったかどうかなんて関係ない。

本人たちの気持ちが通じ合ってこそ、付き合えるものだ。

それにシャーリーは、男性が苦手なのではなく、ラルフ以外の男性とうまく話せないだけだ。ロニーに抵抗感がないのも、どこかラルフに似た雰囲気があるからだ。

「私だって優しくしてやっただろう」

シャーリーの言葉を聞いても、クレイブは納得できない様子だ。

クレイブは、この学園で年に一度行われるクリケットやポロの大会で優秀な成績を収めるほど、スポーツ万能で勉学もできる青年だ。

巧みな話術で人を操るラルフとは対照的に、率直な人柄で相手を惹きつける。

王位継承権第三位の王族であり、将来は国王になる可能性もある。結婚相手にするには申し分ない。

そのことが自分でも解っているからこそ、自分の家よりも格下にあたる子爵家のロニーと、シャーリーが恋人同士になることが納得できないのだろう。だがシャーリーは、結婚とは心で惹かれ合った者同士がするものだと信じている。

「あの男のなにがよかったんだ」

クレイブが睨みつけるように顔を歪める。その瞳がひどく傷ついているように見えて、申し訳なさを覚えた。

「……ピアノの音色が、とても素敵だったから……」

あんなに情感豊かな演奏をする彼のことをもっと知りたいと思った。だから、傍にいたいと思ったのだ。しかし、無骨な性格をしているクレイブは、シャーリーの感傷的で曖昧な返答が許せない様子だ。

「バカなことを言うな。……少し腕がいいぐらいのピアノの演奏で、相手を決めたなんて言われて、納得できるか！」

怒り心頭といった様子でクレイブが声を張り上げる。あまりの気迫に息を飲む。

確かにロニーの演奏は素敵だが、音楽家レベルの卓越した腕を持っているかといえば、残念ながら頷くことはできない。だからこそ、クレイブには納得できないのだろう。

クレイブは恐ろしい形相でこちらに近づいてくる。

だが、ふいにシャーリーを庇うようにして、目の前に金色の髪をした青年が立った。

「姉さんに振られたからって、八つ当たりはやめてくれないかな。だいたい、クレイブのやってることって、恫喝と同じだって気づいたら？」

のんびりとした声で呟いたのはラルフだった。

迎えの馬車が到着する時間になってもシャーリーが玄関口に来ないため、迎えに来てくれたらしい。

「ラルフ……」

シャーリーが弟の陰に隠れるようにして、ギュッと背中にしがみつく。それを見たクレイブは悔しそうに唇を噛む。

「私は必ずお前の目を覚まさせてやる！」

クレイブは一方的に宣言すると、踵を返して去って行った。激昂していた彼がいなくなると、廊下は急にシンと静まり返る。

「……あ、……ありがとう……ラルフ……」

恐ろしさから解放されて、ホッとすると、シャーリーは身体の力が抜けてしまう。

まだ心臓の鼓動は速まったままだ。

ラルフの身体に寄りかかると、温もりが伝わってくる。

「助けるのなんて当然だよ。お礼なんていらない。それより早く帰って、夕食にしよう。今日はローストビーフにしてって、頼んでおいたんだ」

ラルフはそう言って、いつの間にか震えてしまっていたシャーリーの手を握ってくれる。

これは弟の手。解っているのに、ロニーに握られたときよりもずっと、胸がときめいてしまう。

「どうかした？」

ラルフに不思議そうに尋ねられ、シャーリーは自分が真っ赤になって俯いてしまっていることに遅れて気づく。

「なんでもないわ。それより、明日はお出かけするから、留守番をよろしくね」

動揺を抑え込んで、ラルフに言った。

「ええ!?　明日は一緒に街へ買い物に行きたかったのに、ひどいよっ！　出かけるなら僕も一緒に行く」

休日はいつもふたりで過ごしている。ラルフに恋人ができた後も、それは変わらなかった。彼が驚くのも無理はない。だが、初めてのデートに弟を連れて行くわけにはいかないだろう。

「……デートだからだめ……」

シャーリーは躊躇いがちに呟く。すると、ラルフが泣きそうな顔で、子供のように懇願してくる。

「デート？　僕を連れてってくれないんだ？」

まるで捨てられた子犬のような表情を浮かべている。思わず、ついて来てもいいと返しそうになるのを、シャーリーはグッと堪えた。

「だめに決まっているでしょう」

シャーリーが拒絶すると、ラルフはますますしょんぼりとした様子で黙り込んでしまう。

「お土産を買って来るから」

その言葉に、ラルフはパッと顔を綻ばせた。

「それなら帰りにリリー&ジョニーのチョコレートブラウニー買ってきて」

こんな風に頼まれては、嫌だなんて言えるはずがなかった。なにがなんでも頼まれたお土産を買わなければという気持ちになる。

「嫌って言うなら、ふたりの後ろをつけて邪魔するかもよ」

笑えない冗談だ。しかし、ラルフならやりかねない気もする。続けられた言葉に呆れながらも、シャーリーはラルフの柔らかな金髪を優しく撫でた。

＊＊　＊＊　＊＊

翌日は、とてもいい天気になった。

いつも通り寝坊しているラルフを置いて、シャーリーは早めに邸を出た。甘えたがりのラルフが、出かけようとするシャーリーを見て、やっぱり一緒について行くと言い出しかねないからだ。

そういうときのラルフは、まるで幼子のように聞き分けがない。

デートの場所は、ローレル・カレッジに併設されている図書館だった。

国内外から集められた六万冊の蔵書があり、書架や教師しか入れない書庫には、建国時の書物も眠っていると噂される、国立図書館に匹敵するほどの規模と歴史を持つ図書館だ。

若者たちの豊かな想像力と精神を育むためという目的で建てられたらしいが、料理本や娯楽本のみならず、開くと絵が飛び出す仕掛け絵本まで取り揃えられているため、シャーリーはここに来るのが大好きだった。

後をついて来られないように、ラルフの寝ているうちに邸を出たので、シャーリーは恋人との待ち合わせの一時間以上前に着いてしまっていた。

時間を潰すために分厚い上製本を読みふけっていたシャーリーのもとに、恋人のロニーがやって来て尋ねる。

「早いね。もしかして、ずっと前から来てた？　待たせたくなくて、俺も早めに来たつもりだったんだけどな」

彼は目を丸くしていた。時計を見てみると、確かに待ち合わせ時間よりも早い。

今日は気をつけて早起きしたが、いつものシャーリーは、弟のラルフと寝坊ばかりしている。人を待たせないという心がけのロニーに、自然と好感を持った。

「ええ。弟が起きる前に出てきたの。一緒に来るって言い出しかねないから」

図書館のなかは静まり返っている。小声で答えると、ロニーは苦笑いした。

「君は弟のことが大切なんだね」

とつぜん告げられたなにげない言葉に、シャーリーは息を飲む。

「どうかした？」

自分が珍しく早起きできたのは、ラルフが傷ついた顔をするのを見たくなかったからなのだと、今さらながらに気づかされてしまう。

「ううん。……な、なんでも……」

シャーリーが狼狽していると、隣にロニーが座って、こちらをじっと見つめてくる。

「こんな味気ないところより、ふたりきりになれるところに行かないか？」

「え？」

シャーリーが首を傾げると、ロニーは手を伸ばしてきた。

許可してもらえないうちは触れないと彼が約束した通り、重なってはいないが、シャーリーの手の甲に温もりが伝わるほどの距離だ。なんだか、ゾッとするような不安が湧き上がる。

「寮の同室の奴、今日は実家に戻ってるんだ。そこならふたりきりになれる。……寮監に見つからずに部屋に入る方法ならいくらでもあるし」

ロニーはただ部屋に誘ってくれているわけではなく、目的があることぐらいはシャーリーにも理解できた。だが、付き合い始めたばかりで、お互いのことをなにも知らない。

今日も、少しずつ理解できればいいと思って……彼を好きになれればいいと思って、デートを了承しただけだ。シャーリーはまだ、ロニーと身体を繋げる気にはなれない。そんな意図があったと知っていたなら、デートには来なかっただろう。

「ごめんなさい。……今日は、そんなつもりじゃ……」

申し訳なく思いながらも、シャーリーはロニーの誘いを拒絶する。彼は断られるとは思っていなかったのか、困惑した表情を浮かべていた。

「男ばかりの寮なんて無理して来るようなところじゃないから、気にしなくていいよ。じゃあ、今日はなにをしようか」

ふたりは本を読んでから図書館の談話室に移動することにした。そこには、チェス台やカード、それにビリヤード台などが置かれている。

「本を読んだ後、ゲームでもしましょうか」

「うん。いいよ」

シャーリーの提案に頷きながらも、ロニーは気乗りしない様子だ。これがラルフだったら、どんなことでも嬉しそうに応じてくれる。シャーリーと一緒に居られるなら、どんなことでも楽しいといつも言ってくれていた。

恋人と弟を比べるなんておかしい。そう自分に言い聞かせるのに、心にぽっかりと穴が開いたような空虚な気持ちは消せなかった。

結局、デートだというのに会話が弾まなかった。

外でふたりきりになってみると、ロニーとは意外と話が続かないことに気づく。ピアノのこと以外で、ふたりは決定的に趣味が合わない。

図書館にいても、シャーリーは恋愛小説が好きなのだが、ロニーは推理やサスペンスが好きらしかった。ゲームにしても、ロニーは自分が勝っている間は機嫌がいいが、負けだすと急にやる気をなくしてしまう。

ふたりの嗜好の違いが決定的になったのは昼食だ。シャーリーはシェフに頼まず、手作りのサンドウィッチを用意してきたのだが、ロニーは食堂で温かい料理が食べたかったらしい。せっかくの初デートだから、ふたりだけでゆったりした時間を過ごしたいと思うのは間違いだったのだろうか？　シャーリーは落ち込んでしまう。

ロニーの反応のすべてに、シャーリーはがっかりした。いけないと思いつつも、そのたびに『ラルフだったら、きっと喜んでくれたに違いないのに』と、恋人に失礼なことを考えてしまっていた。

「ごめんなさい。今日はもう帰らないと……」

デートを切り上げるには早過ぎる時間に、シャーリーが謝罪すると、一緒にいたロニーも安堵した様子だった。やはり恋人として付き合っていくには、無理があるのだろう。

安易に恋人になると了承すべきではなかったのだ。あと少しだけでも相手のことを知ってからなら、きっと恋人になることはなかった。

彼を不快にさせることも傷つけることもせずにすんだのに。

月曜が来たら、ロニーには申し訳ないが別れを切り出すつもりだった。もしかしたら彼も同じことを考えていて、先に告げられるかもしれない。

そうして、デートを早めに切り上げたシャーリーは、弟へのお土産を買うために、街へと向かった。

目的の店は、リリー&ジョニー。夫婦で営むこぢんまりとしたケーキ屋だ。人気商品はいつも夕方までに売り切れてしまっている。

デートを早めに切り上げた理由のひとつは、どうしてもラルフのためにブラウニーを手に入れたかったからだ。これでは本当に、恋人失格だ。自分の愚かさに自然と溜息が漏れてしまう。そうして学園のある郊外から街に向かったシャーリーは、首尾よくチョコレートたっぷりのブラウニーを手に入れることができた。

急いで辻馬車で帰ろうとしたが、運悪く空きを見つけることができない。

日が暮れるまでにはまだ時間がありそうだし、天気もいい。シャーリーは、仕方なく歩いて邸に戻ることにした。

牧草地の脇を通る馬車道を歩き、長閑な風景を楽しみながら、シャーリーは邸に向かっていた。

「ラルフは甘い物に目がないから、きっと喜んでくれる」

チョコレートブラウニーを大切に抱え直して、先を急いだときだった。

「な、……なに……っ」

シャーリーは後ろから目を覆われて、当て身を喰らわされると、何者かに連れ去られてしまう。とつぜんのことに、なすすべもなかった。

しばらくして、意識を取り戻したシャーリーは、辺りを見渡そうとした。だが、目隠しされたままで、なにも見えない。手首も後ろで固く括りつけられている。

『誘拐』。

その言葉が脳裏を過る。ゾッと血の気が引いた。シャーリーを攫った相手は、ブライトウェル家に金銭を要求しようとしているのだろうか？

両親の死後、邸はラルフが管理している。十七歳とまだ若い彼が当主となって、一年ほどしか経っていない。身代金を要求されれば、ラルフならお金を惜しまないだろう。そうなれば、今以上の負担を強いることになる。

彼に迷惑をかけられない。自分自身の力で、ここから逃げ出さなければ。

シャーリーは、耳を澄まして辺りを窺った。喧噪などは聞こえない。シンと静まり返っている。人も住んでいない場所らしい。

手に当たっているのは、たぶん芝生。学園の中庭でラルフと寛いでいたときと同じような感触だ。頬には微かに風が当たって、甘い薔薇の香りが鼻腔を擽る。

「……ここは……？」

誘拐犯は、人の来ない地下などに監禁するものなのではないだろうか。

だが、これほどまでに薔薇の匂いがするということは、咲き乱れているのだと予測できる。薔薇を多く咲かせるには、手入れが必要だ。誘拐犯が出入りする場所としては疑問が残る。

視界を遮られた状況で、静寂がひどく怖い。シャーリーは震えとともに呼吸が苦しくなって、息が乱れてしまう。

「……はぁ……、はぁ……っ」

それでもシャーリーは身体を起こそうとした。

「う……っ」

するとー、とつぜん胃液が込み上げてくる。意識を失う寸前、腹部を殴られたことが思い出される。身体を折り前かがみになる格好で、吐き出しそうになるのを堪える。

「うっ……、く……ッ」

グッと息を飲み込むと、嘔吐感が治まってきた。

ようやく楽になった後、身体を捩ってみると、足は自由に動くようだった。ここは建物の内部ではない。もしかしたら、このまま立ち上がり駆けて行くことができれば、助けを呼べる場所に出られるかもしれない。

シャーリーは一縷の望みをかけて、立ち上がろうと足に力を込めた。しかし、直後、無理やり地面にねじ伏せられてしまう。

「……あっ、や、……やぁ……っ」

自分を攫った相手は、ずっと目の前でシャーリーを監視していたのだ。緊張に息を飲む。

「誰……っ、誰なの……」

震える声で尋ねても、返答はない。怯えるシャーリーに、相手はグッと力強くのしかかってくる。これは男の力だ。

「く……っ……、ん……っ」

混乱のあまり涙が滲んでくるが、大人しくなどしていられない。

シャーリーはジリジリと後ろに下がって、男と間合いを取ろうとした。

——しかし、いきなり胸倉が掴まれてしまう。

「いやぁ……っ」

声を上げて、足をばたつかせる。抵抗しても逃げられず、無情にもボレロの上着が裂かれる音が耳に届いた。引き裂かれた上着の間から露わになったコルセットの紐も、すぐにブチブチと切られていくのが伝わってくる。

相手の目的は、誘拐ではなく凌辱《りょうじょく》だったのだろうか。

シャーリーは声を絞り上げて、懸命に助けを求めた。

「……ラルフッ。……助けて……っ」

急に大声を出したせいか、相手の男が微かに怯んだ気がした。だが、すぐにまた上着が掴まれ、左右に押し開かれる。

紐の切られたコルセットから覗くのは、たっぷりとした肉感のある胸の膨らみだ。

「放して……っ！　……いや、いやぁ……っ！」

いくら身を捩っても、後ろ手に拘束されていては、男を退《しりぞ》けることはできない。

力ずくでのしかかられ、シャーリーの柔らかなカーブを描く頬に、熱い吐息が吹きかけられる。

ラルフにしか触れられたことのない唇を、汚らわしい暴漢に奪われたくなかった。

「いや……っ、唇には触れないで……、こ、ここは……ラルフにしか……」

シャーリーは口づけから、必死に顔を背ける。すると、熱い舌は目的を変えたのか、耳朶に触れてきた。

「……あ……ぅっ」

思いがけない場所に舌を押しつけられ、シャーリーは身体を強張らせる。

「は……はふ……、ん、んぅ……」

舌はそのまま耳殻を這い回り始めた。熱く濡れた生々しい舌の感触に、シャーリーの全身が総毛立つ。首をすくめたまま、堪えようとするが、ビクビクと身体が跳ねてしまい、淫らな喘ぎが口から漏れてしまった。

「……や……ぅっ。……ひ……ンンッ」

艶めかしい愉悦が神経を苛み、次第に身体が熱く高ぶっていく。

悪夢が現実まで追ってきたかのような恐怖を覚えた。

「……やめ……てぇ……っ、いやぁ……」

ブルブルと小刻みに身体を痙攣させながらシャーリーが訴える。だが、男の舌は耳殻に触れるだけでは済まなかった。

耳裏から首筋をねっとりと舐め上げ、獲物を味見する獣のように顎の下を鼻先で擽る。

「ん、……んぅ……」

シャーリーは恐ろしさに息をとめ、仰け反りながらブルブルと震える。

そのまま男の唇は、さらに下へとさがっていく。

柔らかな胸の膨らみが摑まれて揉みさすられると、感じたくないのに生理反応で乳首が固く尖ってしまう。

「……っ」

悔しさから、シャーリーは歯を食いしばった。しかし反抗も虚しく、男は身体を強張らせたシャーリーの胸を淫らに揉みあげ、固くなった乳首をチュッと吸い上げる。

「くぅ……ンンッ」

こんな風に無理やり身体を嬲られて感じるわけがない。

そう思うのに、シャーリーの身体は男の手に吸いつくように汗ばんで、与えられる行為のすべてに、敏感に反応してしまう。

嫌なのに、抑えられない。男はシャーリーが過敏に感じる場所を、知り尽くしているかのような動きで触れてくるからだ。

「……ふ……っ、ンぅ……」

鼻先から熱い息を漏らし、乳首をしゃぶられる感触に耐えようとした。だが、腹部を撫られると、耐え切れず声を上げてしまう。

男がクスリと笑いを浮かべるのが伝わってきた。やはりどうすればシャーリーが声を上げるかを、見抜いていたように思えてならない。

「あっ、あぁ……。……ど……して……っ、あ、ぁ……」

男はシャーリーの肌を唇で啄んだり、舌で舐め擽ったりしながら、愛撫する位置を下肢へとさげていく。

「お願いだから、……も……っ、放して……」

これほど声を上げても、誰も助けにこない。絶望を覚えながらも、シャーリーは抵抗を諦めなかった。

好きでもない男に純潔を散らされるなんて、堪えられない。助けを呼べないなら、暴漢を説得するしかない。だが、シャーリーがいくら涙声で訴えても、男からはなんの返答もなかった。

男は身体を起こすと、シャーリーの履いていた靴を脱がせた。まるで姫君に傅く騎士のような、優しい手つきだ。その丁重な扱いがいっそう恐怖心を煽る。

「……うぅ……っ」

艶めかしく足を布越しに撫で上げられ、恥辱に震えていると、ペティコートごとスカートが捲り上げられてしまう。

「い……や、あぁ……っ」

淑女が男性の前で足を晒すなど、ありえない辱めだ。シャーリーは羞恥のあまりブルブルと震え言葉が出ない。その間にも、男の暴挙は続けられていく。

やがて薄い絹の靴下が脱がされて、露わになった足の指に強い視線を感じた。男は小さな爪や指の隅々まで、食い入るように見つめているようだ。

「……っ、なにを……」

怯えた声で尋ねる。しかし、やはり男からの答えはない。

足の指先に熱い吐息を感じた。シャーリーが男の手を振りほどこうとしたとき、ぬるついた口腔に親指の先が咥えられてしまう。

熱くぬめった粘膜の感触が伝わってくる。怖気《おぞけ》が走り、シャーリーは必死に足を引こうとするが、すぐに強い力で戻されてしまう。

そうして指の間や関節、爪の造形のひとつひとつにまで舌を這わされていく。

「……あ、あぁ……っ」

なぜそのような汚い場所に、丁寧に舌を這わせてくるのか理解できない。

その異常さがいっそうシャーリーの身体を萎縮させた。

「んっ、んぅ……」

男は指の一本一本を舐めしゃぶり、足の裏や踝《くるぶし》、そして踵《かかと》にいたるまで、舌を這わせた。

それだけでは飽き足らなかったのか、足首、ふくらはぎ、膝裏、内腿と次第に範囲を広げてくる。

「……も……やめて……ぇ……、舐めないで……、私の身体、舐めないで……」

シャーリーは咽頭《いんとう》を震わせながら、感じ入った声で訴える。

男の唇と舌に煽られた身体が、淫らに打ち震えてしまっていた。どうして、暴漢に無理やり身体を触られているのに、こんなにも反応してしまうのだろうか。

シャーリーは淫らな欲求と嫌悪に懊悩し、愛らしい顔を歪ませる。

「……あっ！」

しかし、どれだけ訴えても男は口淫をやめない。それどころか、シャーリーの反対側の足も、同じように舐めしゃぶり始めた。

壊れ物を扱うかのような繊細な舌の動きだ。

指を口腔に含み、扱きあげるようにして、咥え込まれる。濡れた長い舌が伸ばされ、指

の間を擽られたとき、どうしようもないほど、激しい喜悦《きえつ》が身体を駆け巡った。

「んぅ……あ、あぁっ！」

シャーリーがビクビクと身体を震わせながら声を上げる。すると、口淫はさらに激しさを増していった。興奮した様子で、男がさらにチュブチュブと卑猥な水音を立てて、いっそう舌を這わせてくる。

女性を押し倒し、足を舐めしゃぶるなんて、狂気の沙汰だ。

もしや足に異様な執着を持ち、こんな真似をしでかしたのだろうか？

「……や……っ、んぁ……っ！　あ、あなたは、……な、なにを……」

シャーリーが、尋ねたとき。

柔らかな太腿が抱えられ、ついに、媚肉の奥に秘された深淵へと顔が近づけられる。

「そこは……いや……っ、お願い。そこだけはいや……っ」

腰を引かして逃げようとしても、ひ弱なシャーリーが男に勝てるわけもない。

身体を二つ折りにする格好で足が抱えられた。そのまま膝が胸の方へと押しつけられてしまう。子供のおしめをかえるときのような格好だ。

「……あ、あぁ……っ」

シャーリーがガタガタと怯えていると、男にいたずらに太腿の内側の柔肉を吸われ、ヒクリと陰唇《いんしん》が震える。

「んぅ……あっ！」

吹きかけられる吐息が熱い。肌を掠める唇の感触や吸い上げられる刺激に、ビクンと腰が跳ねてしまう。

「……ふ……っ、あ、あぁ……」

強引に足が広げられたせいで、秘裂が剝きだしになっていた。

萎縮した花芯が男の唇にとらえられて、強く咥え込まれる。ぬるついた熱い感覚に肉芽がねっとりと包み込まれ、そして徐々に舌が動かされ始めた。敏感な部分を這い回る濡れた舌先の感触に、腰が抜けてしまいそうなほどの痺れが駆け巡っていく。

こんな暴漢の舌で感じるなんて、嫌だ。

「いやぁ……っ、やぁ……っ、放し……放してっ」

懸命に身体を揺すり、柔らかな胸を波打たせながら、訴える。嫌なのに。誰でもいいから助けて欲しい。そう願っているのに、いやらしく舐めしゃぶられるたびに、萎縮していた身体が解けて、花芯が淫らに膨張してしまう。

「……あ、ああっ！」

固く膨れた花芯が、ヌチュ、ヌチュッと扱くようにして唇で責め立てられ、チロチロと舌先で擽られる。

その淫靡な快感に、シャーリーは堪らなくなって声を上げてしまう。

「ひぃ……ぁ……んぅっ、はぁ……、あぁ……っ！」

自分のものではないような甘く艶めいた喘ぎ声だった。

快感を滾《たぎ》らせる肉粒が、身体中に酩酊《めいてい》と快感の毒を運んでいく。どうしようもなく身体の熱が迫り上がり、嫌なのに腰が浮き上がってしまっていた。

そうして、ふっくらとした肉粒が生温かい口腔に包まれ、執拗に吸い上げられたり、舐めまわされたりを繰り返されていく。

「……んぅ……っ、んんんぅ……」

シャーリーは身を捩り、蠢く舌から逃げようとしていた。そのはずが、物欲しげに悦がっているかのように、腰が揺れてしまっている。

怯えから乾いていたはずの膣孔は、いつしかいやらしい蜜で潤沢《じゅんたく》に濡れそぼち、濃密な芳香を放ち始めていた。

逃げたい。嫌だ。心からそう思っている。それなのに、どうしてこんな風になってしまっているのだろうか。

「はぁ……、あぁ……」

自分が信じられない。

感じている身体を認めたくなくて、シャーリーは足を閉じて媚肉を隠そうとした。だが、足は無理やり押し開かれ、男の指に濡襞を拡げられていく。

「ひ……っ」

内壁をヌルリと抉られる感触に、ビクリとシャーリーの身体が萎縮する。だが、男の指は容赦しなかった。ヌチュヌチュと蜜を掻き出すようにして抽送を繰り返していく。

「……やぁ……っ、指……抜いて……、挿れないで……、もう放し……っ」

腰が浮かされ、さらに二本目の指が増やされる。

狭い肉洞《にくどう》を開くように、指が左右に割り拡げられた。襞が誘うように蠢くと、男が息を飲むのが伝わってくる。

このままではいけない。このままでは、男に犯されてしまう。

恐怖から、シャーリーは腰を引かそうとした。だが、足を抱えられ、引き戻される。

従順にできなかった仕置きだとばかりに、ひどく感じる場所を、グリグリと指の腹で擦りつけられ始めた。

「ひぃ……ンンッ」

激しい痺れに、腰が抜けそうになった。

溢れる。

身体の奥から、溢れてきてしまう。

シャーリーがいっそう肉洞を震えさせると、今度は三本目の指が増やされた。

「……も……、も……許し……っ」

恐ろしさと狭隘《きょうあい》な襞を開かれる痛みに、シャーリーはしゃくり上げながら訴える。

昂ぶった身体が熱い。頭の芯から霞がかっていく。しかし、シャーリーがどれだけ声を上げても、肉襞を拡げる指の動きはとまらない。男は震える陰唇を嬲り、同時に濡れそぼった粘膜を執拗に擦りつけ、処女肉を嬲り続ける。

擦られるたびに、膣奥からぬるついた蜜が溢れていく気がした。

卑猥に蠢動《しゅんどう》する襞が、押し込められた長い指を咥え込む。

「はぁ……、あぁ……」

その淫靡な匂いと光景に興奮したのか、シャーリーを組み敷いている男の動きが、いっそう激しくなっていく。

「……いやぁ……っ、もぅ……しないで……」

シャーリーは恐ろしさに顔を歪ませて肩口を揺らすが、逃れられるわけもない。

男はしばらく、執拗に襞を引き伸ばしていたが、ふいに指が引き抜かれた。

「……も……、うちに帰して……っくださ……。お願い……」

悲痛な声でいくらシャーリーが懇願しても、返答はない。

シャーリーはビクビクと身体を引き攣らせながらも怯えていた。

そうして、ただ泣き濡れながら喘ぐしかない彼女のもとに、衣擦れの音が聞こえてくる。

「……っ!?」

どうやら、男が服を脱いでいるらしかった。

このままでは犯されてしまう。

愛する人と、まだ身体を重ねたことのない、無垢な身体が押し開かれてしまう。

「いや……っ、いや……、来ないで……」

芝生の上をお尻でずり上がりながら、男から逃れようとした。だが、シャーリーの足は強引に抱え込まれてしまい腰が浮かされた。そして濡れそぼった媚肉に、獰猛な肉の杭が押し当てられた。

「……やめてぇ……っ。誰か……、助け……てっ」

媚肉の間に減《め》り込んできたのは、固く隆起した男の逞しい肉棒だ。

こんな状況で、生まれて初めて男に抱かれることになるなんて想像もしていなかった。

いつか、愛する人と結ばれるものだと信じていたのに。

全身の血の気が引いて、ガクガクと身体が震え始める。

これは悪い夢だ。夢であって欲しいと祈った。だが、獰猛な肉茎《にくけい》が、萎縮した粘膜を押し開き始めたとき、メリメリと処女肉の襞を開かれる痛みが突き上げてくる。

「くぅ……んんぅ……っ、ひぃ……っ」

赤い唇から洩れる自らの悲痛な声が耳に届く。襞を引き伸ばされる痛みから、これが現実なのだと思い知った。

萎縮した肉洞が、突き抉ってくる雄をきつく締めつける。だが、徐々に奥へと穿《うが》たれる動きはとまらない。

「やぁ……っ、ラルフッ……、ラルフ助けて……ッ」

とっさに助けを求めたのは、恋人ではない。

シャーリーが本当に心から欲している、弟の名前だった。

きっと、これは神様の罰だ。

実の弟を前にして冷静ではいられなくなり、毎晩淫らな夢を見ているシャーリーを、懲らしめようとしているのだ。

ごめんなさい。

こんなひどい目に遭っているのは、きっと許されない恋をしてしまったから。

もう二度と、実の弟に胸をときめかせない。そう誓わなければならない。

だが、どれほど恐ろしい目に遭っても、ラルフを胸のなかから消すことができなかった。

忘れるぐらいなら、自分自身を消した方がましだ。

シャーリーの眦《まなじり》からボロボロと涙が溢れる。だが、目を覆われているため流れ落ちることはなく布地に吸い込まれて、染みをつくるだけだ。すると一瞬、灼熱の楔《くさび》を穿つ動きがとまる。

「も、……もう、……いやぁっ！」

その隙に、シャーリーが腰を引かそうとするが、ふたたび激しく剛直を突き上げられ、揺さぶり立てられていく。

「……あ、あ、あ、あぁっ！」

裂けてしまう。

このままでは下肢から、身体が引き裂かれてしまう。

「ん、んんぅ……っ！」

激しい疼痛《とうつう》に耐えるシャーリーの体内で、熱く脈打った肉棒が蠢く。そして、意思を持った生き物のような雄が、グリグリと襞を突き回し始める。腹の奥から腹部を持ち上げられるような感覚に、いっそう恐ろしさに苛まれた。

「ひぅ……ん、いやっ、……やめて……、突かないで……っ！　あ、あぁ……っ」

太く脈打った灼熱は、シャーリーの子宮口を抉り、うねる肉襞を執拗に嬲る。

「……くっ、んぅ……」

男を受け入れたことのなかった狭隘な肉筒が、固く膨れ上がった亀頭に強引に押し開かれ、そして引き摺りだされることで、亀頭の根元に擦られていく。

ズルリと抜け落ちる感触に腰が抜けそうだった。

「はぁ……、あ……っあぁっ」

だがすぐに、ぬるついた蜜を潤滑剤にして、激しく抽送される肉棒は襞を押し広げながら、最奥を貫いてくる。

「……はぁ……、あ、あぁ……」

シャーリーの収縮する襞は激しくうねり、脈動する獰猛な凶器を強く咥え込んでいた。

抽送されるたびに、濡襞を潤している蜜が泡立ち、接合部分からはしたなく掻き出されていく。すると、ズチュヌチュッと耳を塞ぎたくなるような粘着質の水音が大きくなる。

「……いやぁ……、も……もぅ……やめ……、ん、んぅぁ……っ」

張りあがった切っ先が処女肉を掻き回すたびに、固く充血した肉びらが責め立てられ、ガクガクと腰が揺れてしまう。

痛い。

熱い。

苦しい。

お願いだから、もうやめて欲しい。

そう思っているはずなのに、肉棒を突き上げられるたびに、激しい喜悦が下肢から迫り上がり、ガクガクと痙攣するのをとめられない。

「あ、あぁ……、いや、いやぁ……っ、ひぃ……ンぅっ、許し……っ！」

シャーリーは抱えられた足の爪先を引き攣らせ、ビクビクと内腿を震わせる。

開いた赤い唇から洩れるのは、苦痛の叫びだけではない。確かに愉悦から迸る嬌声が入り混じっている。

「……あっ、あっ、あっ、あぁぁっ！　んんぅ……っ！」

シャーリーが断続的な喘ぎを漏らし、ガクガクと総身を震わせたとき、身体に穿たれていた肉棒が引き摺り出され、熱く滾った白濁が、ビュクビュクと彼女の腹部に浴びせかけられた。

第四章　囚われた雛鳥

どれだけ長い時間、顔も解らない暴漢に身体を貪られていたのだろうか。

意識を失ってしまっていたシャーリーは、気がつくと自室のベッドに横たわっていた。

ナイトガウンを纏った姿で、肌からは清潔な石鹸の匂いがする。そして、耳に届く懐中時計の秒針の音。

「私の……部屋？」

発した声はひどく掠れてしまっていた。酩酊したかのように纏まらない頭で、ぼんやりと天井を見上げた。

感じるのは、ギュッと握られている手の温もり。力なくそちらに顔を向けると、椅子に腰かけてベッドに突っ伏しているラルフの姿があった。

彼は眠りながらも、シャーリーの手を離さなかったらしい。

「……夢……？」

ずっと恐ろしい夢を見ていたのだろうか。いつもの淫らな夢で、あれは現実ではなかったのだ。そう自分に言い聞かせようとしたとき――。

下肢から膣孔を押し開くような異物感の名残を感じ、ツキツキとした鈍い痛みが走った。

「……っ！」

その瞬間、目の前が真っ暗になる。あれは現実だ。夢ではなく現実だったのだ。

いつも一緒に眠っているラルフが、同じベッドに入らずにただ手を握ってくれているのは、きっとなにがあったのかすべて知ってしまったからだろう。

もしかしたら、誰かに犯された後のシャーリーの姿を見てしまったのかもしれない。

そう思うと、耳鳴りがするほど血流が速くなって、心臓が痛くなった。

もう、ラルフと合わせる顔なんてない。憐れむような眼差しを向けられるぐらいなら、いっそ三階にあるこの部屋から、外に身を投げてしまいたかった。

「あ……ぁ……」

穢れた身体でラルフに触れるなんて許されない。シャーリーは慌てて彼の手を離して、ベッド脇にある出窓に這い上がり、そっと窓を開けた。

冷たい風が頬を嬲り、まだ湿ったままの髪を揺らす。

ラルフと顔を合わせる前に、消えなければ。

しかし、ここから落ちたぐらいで命を絶てるだろうか。

窓の下をじっと見ているると、地面がすぐ近くにあるような、遠くにあるような、不思議な気持ちに囚われる。大丈夫だ。このまま頭から真っ直ぐに落ちれば、もうなにも辛いことは起きない。

身を引き裂く現実も、実の弟への恋慕も、なにもかもすべて、この世からすべて消え去ってくれる。

シャーリーが、ゆっくりと瞼を閉じて、ふらりと窓の外に倒れ込もうとしたとき――。

とつぜん力強い腕が腰に回され、そのままベッドに引き戻されてしまう。

ゆっくりと顔を向けると、驚愕した表情でラルフがシャーリーを抱きしめていた。

「……ラルフ……？　放し……て……」

掠れた声でお願いした。だが、ラルフは懸命に訴えかけてくる。

「姉さんがいなくなったら、僕、独りになるよ。……嫌だ……嫌だっ。……お願いだから、やめてよ」

そうだ。もしもシャーリーが自ら命を絶つような真似をしたら、ラルフは天涯孤独の身となり、たったひとりで生きて行くことになる。

思いとどまろうとしたシャーリーだったが、ふと脳裏に、ラルフと仲睦まじい様子で佇む、彼の恋人リリアンの姿が思い出された。

「……ラルフには、……大切な人がいるんだから……、……大丈夫」

自分などいない方が、すべてうまくいく。

弟に恋心を抱くような姉などいない方がいい。そう、許されない想いをラルフに気づかれる前に、シャーリーは消えてしまった方がいいのだ。

シャーリーは、青ざめて冷たくなった唇をラルフの額に押し当てた。

愛している。誰よりも。

生涯告げることのない思いを込めて口づけた。

そして、力なく笑うとふたたび、窓へ向かう。

「だめだってば」

ラルフはシャーリーを抱えたまま、階下へと直結しているベルで家令のバーナードを呼びつけた。

「お呼びでしょうか」

すぐさま部屋に駆けつけたバーナードが恭しく頭を下げる。すると、ラルフは強張った声で命令した。

「この部屋のすべてに内側から鍵をかけて、その鍵は残さず僕に渡せ」

ラルフの命令を受けたバーナードによって、即座にシャーリーの部屋中の窓は閉じられた。錠前が取りつけられた挙句に、出入り口にも内側から鍵がかけられていく。ラルフはその間、鋏《はさみ》などの刃物を部屋中から集めて、ペーパーナイフまで取り上げてしまう。

「姉さんが変な気を起こさなくなるまで、しばらく鍵は外さないから。もし、ここから外に出たいなら、僕に声をかけてから隣の部屋を通って」

甘えた表情を見せるいつものラルフとは別人のように、厳しい顔つきだ。

「そんな……」

シャーリーは困惑して部屋を見渡す。これでは監禁されているも同然だ。

窓に嵌められた錠前は頑丈で、なにかぶつけたぐらいでは壊せそうにない。

「誰かを懐柔しようとしても無駄だよ。鍵は僕が持っておく。もちろん開けるつもりはない。僕は姉さんが大事なんだ。言うことを聞いてもらう」

まるで独裁者にでもなってしまったかのように、ラルフは冷たく言い放つ。

「お願いだから、……私のことは……放っておいて……」

今すぐ。

今すぐにラルフから見えない場所に消えてしまいたかった。それなのに、これではどこにも行けないし、命を絶つこともできない。

「バーナードも、なにか言って」

ラルフにいくら訴えても、埒《らち》が明かない。シャーリーは、少しでも話を聞いてくれそうな家令のバーナードに助けを求めた。

「いえ……私は……、旦那様に従うだけです」

しかし、バーナードはなぜか歯切れの悪い物言いで、視線を逸らしてしまう。

幼い頃から面倒を見てくれていたバーナードだったが、やはり当主であるラルフに従ってしまうらしかった。

「お食事はお部屋にお持ちいたします」

それだけ言い残すと、バーナードは静かに退出していく。暴漢に襲われたシャーリーを見ていられなかったのかもしれない。……いや、もしかしたら、そんな迂闊《うかつ》な主人に仕えることに、嫌悪感を覚えたのかもしれなかった。

そう思うと、自分がいっそう穢れた気がして、嗚咽が込み上げた。

＊＊　＊＊　＊＊

バーナードは部屋を去る前に言い残した通り、シャーリーの部屋に軽食を運んでくれた。鍵はすべてラルフが持つと言っていたが、食事を運ばせるために、バーナードはラルフの部屋との間を結ぶ鍵を、渡されているようだった。

せっかくの心遣いだが、食欲など湧くわけがない。けれどシャーリーが食事を拒むと、ラルフはきっとシャーリーに合わせて、なにも食べなくなってしまう。

育ちざかりのラルフに食事を抜かせるような真似はできない。シャーリーは無理をして食べようとした。だが、嘔吐しそうになってしまい、結局は断念した。

「せめてこれだけでも飲んで」

ラルフが差し出してくれたのは、いつも眠る前に彼がいれてくれる、はちみつ入りの甘いホットミルクだった。それを飲むと、優しい味と温もりに、少しだけ落ち着きを取り戻すことができた。だが、神経が張りつめてしまっていて、眠れそうにない。

「……今日は、自分の部屋で眠るから……」

ラルフは控えめな声で呟く。今のシャーリーはきっと、人に触れられたくないだろうと判断したらしい。彼は、珍しく自室に戻っていった。

「ラルフ……」

今はひとりになりたくなかった。だが、神経がささくれだった状態では、八つ当たりをしてひどいことを言ってしまいそうで引きとめられなかった。

「眠らないと……」

毛布を深くかぶって、自分にそう言い聞かせる。だが瞼を閉じても、涙が溢れ出し嗚咽が漏れた。こんな状況で眠れるわけがなかった。

神経が尖っているせいか、風が窓を叩く音や、微かな家鳴りにすら、ビクビクと怯えてしまう。自分を襲った誰かが、今にも窓から忍び込んでくるのではないかという猜疑心《さいぎしん》が消せない。壊れそうなほど心臓が早鐘を打つ。

「……やっぱり……」

今日はラルフのベッドに自分から行こうかと考える。だが、凌辱された姿を、大好きなラルフに見られたのだと思うと、自分が汚らわしく、彼にあわせる顔がなかった。

「……も……、いや……、いやぁ……」

助け出されてからずっと放心していたシャーリーだったが、ふいに感情が高ぶり、火がついたように声を上げてしまう。

そうして、ずっと啜り泣いていたシャーリーだったが、いつしか腫れぼったい瞼は沈んでいき、浅い眠りに落ちていった。

＊＊　＊＊　＊＊

恐ろしいものが追いかけてくる。

黒い影。顔は見えない。

なんども振り返る。だが、後ろにあるのは闇だけで、なにも見えない。そのなかから、男の手が伸びてくる。

あれに捕まれば、また引き裂かれてしまうに違いなかった。

淫らな欲望を突き上げられ、シャーリーのすべてを滅茶苦茶にされてしまう。

なんども足をもつらせながら、懸命に逃げる。足掻いても無駄だった。いくつも手が伸びてきて、身体を這い回り、シャーリーを闇のなかに引き摺り込んでいく。

「いや……っ、いやぁ……っ！」

懸命に助けを求めたシャーリーは、自分の悲鳴で夢から目覚めた。

「……はぁっ、はぁっ」

心臓が壊れそうなほど鼓動していた。脈が速まり、耳のなかでドクドクと血が流れる音が響いていた。

「夢……」

ベッドから身体を起こすと、薄闇のなかで燭台の灯りがぼんやりと浮かび上がっていた。いつもは隣で眠っているはずのラルフの姿がない。そのことが、これほどまでに不安な気持ちを掻き立てるとは思ってもみなかった。

シャーリーは時刻が気になり、時計を探す。天使の彫像が支えるデザインのコンソールテーブルと一体になった金の置き時計が目に入る。まだ日付が変わる前だったらしい。

何十時間も眠り続けていたような倦怠感だ。

改めて部屋を見渡すと、様々な花器に飾られていたアレンジがすべてなくなってしまっていた。シャーリーが陶器を割って、その欠片を使って自らを傷つけないようにするためだろう。優美な透かしのあるマホガニーのライティング・チェアもない。ビューローブックケースもコモードも、なかは空にされているはずだ。シャーリーはずっと毛布を被っていたが、荷物を運び出す音が聞こえていた。せめて、ラルフが幼い頃に編んでくれたテーブルクロスだけは返して欲しかった。あれはシャーリーだけのものだ。

部屋の装飾がなくなると、ラルフの部屋とそっくりに見える。よく考えれば、彼の部屋には余計なものがまったくない。幼い頃から彼はシャーリーの傍にいて、ここ最近は執務に忙しい。昔から自分の部屋にいる時間が少なかったため、飾ることがなかったのだろうと、今頃になって気づく。

甘えたがりなラルフが、今はシャーリーを気遣い、ここと同じような淋しい部屋に独りきりでいるのだ。そう思うと、胸が締めつけられてくる。廊下へと続く扉を見ると、そこには真っ黒い鎖が絡みつき、頑丈な鍵がかけられていた。ここからの出入り口は、ラルフの部屋へと続く扉だけだ。まるで監禁でもされているかのようだ。いや、現に閉じ込められているのだから、その認識は間違っていないのだろう。

――あのとき、シャーリーは本気で死にたかったのだ。醜く穢れた身体を、愛する弟の前から消し去って、なにもつらいことのない世界に行きたかった。

「……や……っ」

瞼を閉じると、男の息遣いや肌の感触が思い出されて、ブルブルと身体が震えだしてしまう。怖い。命を絶てないなら、どこでもいいから、遠くに逃げ出したい。

窓の方を窺うと、取っ手につけられた金色の錠前がいくつも並んで鍵がかかっていた。

シャーリーを襲った男はここには入り込めない。解っているのに、部屋の隅から、顔も解らない男がここにやって来る気がして震えがとまらない。

少しだけ、外の空気が吸いたかった。

閉塞された部屋のなかで、眩暈がする。シャーリーはラルフの部屋の方向を見つめた。そこにある扉が、唯一、外に出る手段だ。

シャーリーはナイトガウンの上にローブを羽織ると、足音を立てないように扉に近づく。

「……っ」

少しだけ新鮮な空気を吸い込んだら、すぐに戻ればいい。そう思い、シャーリーは足を忍ばせてラルフの部屋の扉を開いた。室内は薄暗い。

きっとラルフは眠っているだろう。

寝顔を見たい衝動に駆られるが、淑女としてはしたないことに気づき、堪える。眠っている人の部屋に勝手に入り込むだけでも失礼なのに、顔を覗き込むなんて、してはいけないことだ。

シャーリーは物音を立てないように、足を忍ばせラルフの部屋を横切る。

どこに行こうか？

薄暗い廊下を思い出すと、やはり部屋に戻りたくなってしまう。だが、閉塞感のある部屋を思い出すと息が詰まって、どこかに逃げて行きたくなるのだ。

「……」

コクリと息を飲んで、ラルフの部屋から廊下を覗くと、思った通り薄暗い。そして、ひんやりと冷たい空気が入り込んでくる。

邸の外に出るのは怖いが、中庭ならばと思い、足を踏み出そうとしたときだった。

いきなり後ろから腰に手を回されてしまう。

「……っ！　ひっ」

思わず悲鳴を上げそうになったとき、唇が手で塞がれる。目の前が真っ暗になり、意識を失いそうになった。

――だが。

「ねえ」

聞きなれた声が耳に届く。ラルフの声だった。

「どこに行くの？」

ラルフはそう尋ねながら、シャーリーの口元を覆っていた手を放してくれる。

腰に回した腕はそのままで。いや、次第に力を込められている気がする。

「……外の空気が吸いたくて……」

なんだかラルフから、底冷えのするような雰囲気が漂っている気がしてならなかった。

廊下の空気が冷たいせいなのだろうか。

「僕を捨てて、邸から出ようとしたわけじゃないの？」

尋ねられた言葉に愕然とする。

「……外に出るなんて……、そんなこと、怖くて……できな……」

あんな恐ろしい目に遭ったというのに、のうのうと外に出られるわけがない。引き裂かれた痛みや執拗に身体を嬲られる恐怖が思い出され、シャーリーはしゃくり上げ始めてしまう。

「ごめん。思い出させて……」

ラルフは申し訳なさそうに謝罪する。彼は腰に回していた手を放し、躊躇いがちにシャーリーの袖を摑むと、部屋のなかへと連れ戻した。そして窓の方へと向かっていく。

「ラルフ？」

いったいどうしたのだろうか。

戸惑いながらもラルフの後をついて行くと、ベランダへ続く窓を開け放して、シャーリーを外に出してくれた。

「ここならすぐに戻れるから。今日は冷え込んでいる。あまり薄着でうろうろしていると、風邪を引いてしまうよ」

「……ありがとう……」

自分のために、気遣ってくれたことが嬉しかった。

悲しげな表情を浮かべながらも、ラルフは口角を上げて笑いかけてくれようとしている。

「ラルフ……」

深く息を吸い込むと、新鮮な空気が肺に入り込む。

どれだけ辛くても、こうして生きていかなければ。

目の前の大切な弟をたった独りおいて命を絶つなんて許されない。残されたラルフがどれほど苦しむか。両親を亡くした自分なら、痛いほど解っているはずだったのに。

「……ごめんなさい……」

キュッと彼のパジャマの裾を摑むと、そっと抱きしめられた。そして顔を覗き込まれる。

穢されたこの身体でも、ラルフは変わらず触れてくれるのだ。

そう思うと、いっそう泣きたくなった。

「姉さん？　どうかしたの？　どこか痛いの？　医者を呼ぼうか？」

おろおろとしながら、ラルフが尋ねてくる。

心から気遣ってくれる弟が愛おしくて、シャーリーは彼の身体に自分の腕を回してギュッと強く抱きしめた。思ったより細身ではなかったことに目を瞠る。余分な脂肪などない。筋肉質で、しっかりとした身体だ。ラルフはいつの間に、これほど逞しく成長したのだろうか。毎晩のように一緒に眠っていたのに、まったく気づかなかった。

シャーリーはラルフの胸に頬を押し当てたまま、硬直してしまう。なんて恥ずかしいことをしているのだろうか。

「……シャーリー？」

すると、ラルフはギュッと抱き返してくれた。トクトクと動く彼の心音が聞こえてくると、ひどく心が落ち着く。しかしずっとそうしていると、次第に鼓動が速くなっている気がした。

きっとそれは間違いで、自分の鼓動が激しくなっているのが耳に届いているのだろう。

こんな状況なのに、なんだか気恥ずかしくなってくる。

「おやすみなさい。部屋に戻るわ」

ラルフの顔を見ていられなくて、シャーリーは逃げ出すようにベランダから部屋に戻ろうとした。だが、その手がいきなり摑まれる。

振り返ると、ラルフがこちらを切なげに見つめていた。

今にも泣きだしそうな、悲痛な表情だ。

「眠れないなら……僕がピアノを弾いてあげようか」

「……え？」

どうして、ピアノなのだろうか。シャーリーは首を傾げる。

「シャーリーはピアノの演奏が好きなんだよね？」

恋人のロニーがいつもピアノを演奏していることを、ラルフは知っている。だから、シャーリーを落ち着かせようとして、そう言ってくれたらしかった。

「ありがとう。でももう夜更けだから、皆起きてしまうわ。また聴かせて？」

「……うん」

ラルフは悲しげに俯いた。

「おやすみなさい」

シャーリーはラルフに近づくと背伸びをして、チュッと頬に口づけた。

「おやすみ。姉さん」

しょんぼりしていたラルフは、途端に顔を綻ばせた。

こんなにもかわいい弟を置いて、どうして死のうとしたのだろうか。

シャーリーはどれほど生きることが辛くても、もう二度と死を選ぶことはすまいと、心に誓って、ひとりベッドに戻った。

＊＊　＊＊　＊＊

眠ろうとしても薄暗い部屋に響く、風や家鳴りの微かな物音で眠りから覚めてしまい、しばらくしてうとうとと微睡む。それをなんども繰り返していた。

なんど目かに目覚めたとき。ギシッとベッドが軋む音がして、シャーリーは目を瞠る。

燭台の蝋燭はいつしか燃え尽きてしまっていて、灯りが消えてしまっている。部屋のなかは真っ暗だった。

「……」

耳を澄ますが、なんの音も聞こえない。先ほど、なにか物音がした気がするのだが、勘違いだったようだ。暗闇のなかにいると、目を塞がれたまま、誰とも解らぬ相手に身体を押し開かれた記憶が蘇ってくる。

荒々しい息、熱い肌、押し開かれる痛み、恐怖、鼓動、助けを呼ぶ自分の声。

そのすべてが、恐ろしくて、気持ち悪くて、身体がガクガクと震えだしてしまう。

ぜんぶ。

ぜんぶ壊してしまいたかった。

心も身体も引き裂いた暴漢も、慣れ親しんだこの部屋も、憐れむ視線を向けてくる他人も、自分自身もなにもかもすべて。

けれど叫びだしそうになるのを、寸前で堪える。

隣室で眠っているラルフにだけは、こんな醜い感情が渦巻く自分を知られたくなかったからだ。しかし声を抑えるぶん、ひどく目の奥が痛くなって、涙が零れ落ちてしまう。

「……う……っ、いや……、もう……いや……っ」

生きていたくない。ここにいたくない。お願いだから、なにもかもすべて放っておいて欲しかった。命を絶つ。たった一瞬で、楽になれるなら、構わないのに。

部屋に独りきりでいると、先ほど生きようと決意したはずなのに、またぐらぐらと心が揺らぎ始める。

『姉さんがいなくなったら、僕、独りになるよ』

だが、ラルフの言葉が頭を過《よぎ》って、舌を噛むことすらできない。両親が亡くなり、シャーリーまでいなくなるような真似をすれば、ラルフはこの世にたった独りになってしまう。

ラルフの知らない、本当のシャーリーは、こんなにも穢れきっているのに。

彼は自分を必要としてくれている。

ラルフの傍にはもういられない。だが、傍にいたい。

醜い自分を消してしまいたい。それでも、彼は必要としてくれている。

怖い。助けて欲しい。いけない。迷惑をかけたくない。目まぐるしく逡巡する想いに、胸が潰れそうだった。

「ふ……、うぅ……くっ」

シャーリーは深く毛布を被って、朝を待つことに決めた。

こうしていれば、嗚咽を漏らしても隣には聞こえないはずだ。それに、暗闇の恐ろしさが和らぐ気がした。だがそのとき。足元の辺りでふたたびギシリとベッドが軋む。

――誰かがいる。

シャーリーは息をとめて耳を澄ました。すると、もう一度ベッドが軋む音が響いてくる。弾かれたように、ベッドから飛び出そうとする。だが暗闇から伸びてきた手に摑まれ、強い力で引き戻された。そのままリネンの上に、うつ伏せでねじ伏せられてしまう。

「ラルフッ、ラルフッ」

恐怖に引き攣る喉から、無理やり声を上げる。だが、隣の部屋にいるはずのラルフは大声を出しても、助けてはくれない。

シャーリーの部屋には鍵がかかっている。ラルフの部屋を通るしか、ここに来る道はない。もしかして、これは夢のなかなのだろうか。

「……放して……っ」

背中を押されて、ベッドに沈められるが、シャーリーは懸命に抗う。だが、ベッドの上で、お尻を突き出す格好にされて、足が開かされてしまう。

ナイトガウンの上から、陰部を撫でられたとき、ゾッと血の気が引いた。

このままでは、犯される。

夕闇のなかで身体を貪られた恐怖が、生々しく蘇ってきた。

痛み、熱、汗や草の匂い、獣のような男の息遣い。

そのすべてが思い出されて、シャーリーの身体は震えあがってしまう。

「も、……いや……いやぁ……」

壊れた自動人形のように、ブルブルと頭を振って、シャーリーは懸命に訴える。だが、抗う声を上げても、男の腕は離れなかった。

やがて男の強靭《きょうじん》な腕が伸びてきて、シャーリーの身に纏っているナイトガウンが捲り上げられた。後ろから太腿を掴まれる。

「……ひ……ッ……」

ふっと熱い吐息が茂みに吹きかけられて、目の前が恐怖で真っ暗になった。

心臓が早鐘を打ち、耳の奥でうるさいぐらいにドクドクと血の流れる音が伝わってくる。

力づくで捻じ伏せられ、灼けた肉棒を突き上げられるなんて、二度と堪えられない。

「……助け……て……、ラルフ……っ」

ガタガタと震えながら、縋るようにリネンを摑む。だが助けは来ない。やはりこれは夢なのだ。

そうでなければ、隣室の愛する弟は寝首をかかれて殺されているとしか思えない。

そんな自分の恐ろしい考えに、シャーリーは驚愕する。

「……いや……っ、ラルフッ、ラルフ!?」

彼の無事を確かめたくて、シャーリーは必死に声を上げる。

それなのに、どれほど声を上げても、ラルフの助けは来ない。そして、隣の部屋からはなんの物音も聞こえて来なかった。

「ラルフッ」

絶望に目の前が、真っ暗になる。

これは夢だ。シャーリーは自分にそう言い聞かせた。

ラルフはシャーリー以外の気配に敏感だ。応接間などでうたた寝したとき、眠っているラルフに誰かが近づくと、刺し殺さんばかりの勢いで目を覚まして相手を睨みつける。

そんな彼が、誰かに寝込みを襲われ、命を落とすわけがない。だとすれば、これはシャーリーが毎夜繰り返し見る淫夢に間違いなかった。

「どうして……、こんな日まで……」

リネンにしがみつきながら、シャーリーは自己嫌悪から瞳を潤ませる。

『姉さん』

この世界が夢だと証明するように、ラルフの甘い呼び声が聞こえた。

ハッとして振り返ると、差し込んできた天窓の月明かりに照らされたラルフの顔が目に入る。でもなぜか、いつもの夢よりもずっと彼の声が鮮明に聞こえていた。

「……私……、どうして……」

無残に純潔を穢され、なにもかも投げ出したくなった日だというのに、どうしてこのような淫らな夢を見てしまうのだろうか。

『今日は怖かったよね？　ちゃんと僕が慰めてあげるから』

夢のなかのラルフはそう言うと、シャーリーの背後から迫ってくる。そして、お尻の柔肉を撫で上げ、湿った割れ目に甘い吐息を吹きかけた。

足の付け根を指の腹で辿りながら、なんどもお尻を撫でられると、じわじわと艶めかしい疼きが迫り上がってくる。

「あ……ふ……ぅんっ」

微かに掠める吐息の感触に、シャーリーの陰部がヒクリと震えた。

『なあに、そのかわいい声。――ねえ。誰に教えてもらったの？』

愉しげでいて、殺意に満ちた声だった。そのままラルフは長い舌を伸ばし、純潔を散らされたばかりのシャーリーの蜜孔の入り口をヌルヌルと擽り始めた。

「……ん、く……っ……ふ……っ」

ヌルヌルとした熱い舌先は、次第に震える襞を抉るように強く舐め上げ始める。

ラルフのぬるついた肉厚の舌が媚肉の間で蠢く感触に、シャーリーの腰が衝動的に跳ねあがった。

「……ひっん……！」

腰が抜けてしまいそうな震えが、四肢にまで走っていく。暴漢に身体を貪られていたときは、シャーリーの身体は萎縮しきっていた。しかし、夢のなかとはいえ、相手が愛しいラルフだと思うと、身体が歓喜に戦慄き、ジンジンと花芯が疼いてしまう。

『もしかして、無理やり犯されたときも、本当はこんな風に感じてたの？』

シャーリーは必死に頭を振って、その問いを否定した。

感じてなどいない。そんなはずがない。

恐ろしくて、怖くて、ただ助けを求め続けていただけだ。

『嘘ついてない？』

「……嘘じゃな……っ」

泣きそうな声でシャーリーは訴える。

『こんなに感じやすいのに、本当かな』

すると、熱く息づくような媚肉の間に、ラルフはなんども舌を這わせ、溢れた愛液を啜り上げ始める。

『ほら、こんなに甘い蜜が溢れている……』

「んっ、んぅ……」

シャーリーは熱く熟れた襞を舌で擽られ、ビクビクと身体を跳ねさせた。

暴漢に同じことをされても、こんなにも感じなかった。

ラルフの舌だと思うと、抑えられないほど身体が疼いて、膣奥から淫らな蜜がとめどなく滲んでくるのだ。

「……こ、これは……」

だが、ラルフだから感じる、などと告げられるわけがない。

言い訳しようとした。だが、巧みな舌先は敏感な肉びらを捉えて、花芯ごと押しつぶすようにして、グリグリと捏ね回し始める。

ひどく反応してしまう場所をぬるついた舌で旋回されて、言い訳ではなく喘ぎが漏れてしまう。

「……ひぅ……、く……っ、いや……っ、そこ舌で弄っちゃ……、だ、だめぇ……」

熱く濡れた舌が、ふっくらとした媚肉を舐めおろしてくるたびに、堪らないほどの快感が、下肢からジンジンと迫り上がってきた。

実の弟であるラルフの舌が、姉であるシャーリーの陰部に這わされている。そう思うだけで、背徳と懺悔に頭のなかが真っ白になっていく。

「あっ、あっ、ラルフ！　舐めな……で……っ」

だめだ。こんなことをしてはいけない。そう思うのに、のた打ちそうな歓喜に、身体が打ち震える。そして、艶めいた喘ぎ声が、次々に喉を突いて出てしまう。

言葉では拒絶しながらも、シャーリーはリネンにしがみつきながら淫らに腰を揺らし始める。するとラルフは、いっそう熱く巧みな舌でヌルヌルと肉びらを嬲ってくる。

『ほら、こことか、こんなに固くしてるし。……顔も見えない相手に弄られて、感じたんじゃないの？』

痛いぐらいに膨張した肉芽を、ラルフは窄めた唇でチュウチュウと吸い上げ始めた。

「あふ……っ。ん、……ち、違う……っ、私、感じてなんて……」

リネンにしがみついて快感に唇を震わせ、仰け反りながら訴えても説得力などない。

だが、シャーリーは反論せずにはいられなかった。

『じゃあ、こんなことされても、喘がなかったって誓える？』

ラルフの問いかけを、シャーリーはブルブルと頭を横に振ることで否定する。

「違……、ほ、ほんとに……、いや……だっただけ……」

淫らな突起がなんども吸い上げられ、隅々まで味わい尽くすように舌を這わされていく。

「あ、あっ、そこ……吸ったら、吸ったら……だめになるから……ぁ……ん、ンぅ……」

ヒクつきながら花蜜を滴らせるシャーリーの淫唇《いんしん》を、ラルフはねっとりと舐め上げる。

『こんなに濡れてるのに、信じられないな』

熱い舌先を辿らせると今度は、膣肉に狙いを定めたようだった。ラルフは濡れた長い舌で、シャーリーの粘膜を抉じ開け、奥へと捩《ね》じ込んできた。

ヌルリと入り込む舌の感触に、ビクンと腰が跳ねあがる。膣肉の狭間が熱く蠢く舌に舐られると、リネンを足で掻きながら、悶えてしまう。

「……はぁ……っ、ん、んぅ……っ！　ほ、本当に……違っ」

肉襞を割って蠢く舌の感触に、堪らず腰が揺れてしまう。ヌルリとした感触が擽るたびに、ガクガクと足が引き攣る。だが、ラルフは舌の動きをとめてくれない。

『じゃあ、シャーリーがいやらしい身体かどうか、このなかに僕のを挿れて、確かめてみようか』

蜜と唾液に濡れそぼった膣孔を、舌先でたっぷりと堪能したラルフは顔を上げる。そして、パジャマをずらして、自らの肉棒を引き摺り出した。

生々し過ぎる夢の信じられない展開に、シャーリーは狼狽するしかない。

「だめぇ……。壊れちゃ……」

シャーリーはラルフを拒絶し、背中を向けて小さく縮こまった。

暴漢によって、シャーリーの処女肉は強引に押し開かれてしまった。

まだ異物感も残ったまま、ツキツキと引き攣るような痛みを走らせている。こんな状況で抱かれては壊れてしまう。それに、ラルフとシャーリーは姉弟なのだ。こうして、身体を弄ってくることすら、間違っているというのに。

「ラルフ……、私たちは……姉弟……なの！」

シャーリーは懸命に声を上げる。ラルフに訴えるためだけではない。自分に言い聞かせるためでもあった。

『大丈夫だよ。これは夢なんだから』

クスクスと笑いながら、ラルフが言い返す。まるでシャーリーのファーストキスを奪ったときのような気軽さだ。

「ゆ……め？」

シャーリーは呆然と、繰り返す。

だからこのラルフは、シャーリーに触れてくるのだろうか？

現実ならばありえない話だ。彼には恋人がいる。そして、現実のラルフの性格なら

シャーリーの嫌がる行為などしないはずだ。

『そう、夢。だから、姉さんが僕となにしても、誰も咎めたりしない。明日になったら、

なにもかも消えてしまう。これは、夢。僕たちはなにをしてもいいんだよ』

「……で、でも」

躊躇するシャーリーに、夢のなかの住人と自称するラルフが後ろからのしかかってくる。

申し訳程度にシャーリーが身体に纏っていたナイトガウンを乱し、たっぷりとした胸の膨

らみを後ろから掬い上げるようにして摑む。

『ほら、力を抜いて。……ふたりでいっぱい気持ちいいこと、しよう。乳首擦ってあげる。

ここ弄られるの、大好きだよね？』

ラルフは、シャーリーの弾力のある胸をやわやわと揉みながら、キュッと乳首を抓みあ

げてくる。同時に、膨張した肉棒を濡れそぼった秘裂に押し当て、グリグリと擦りつけて

きた。ラルフの滾る楔《くさび》に淫肉を擦られるたびに、シャーリーはいっそう息を乱してしまう。

「熱いの……、押しつけな……、あ、あふ……っ、んぅ……、そこ、グリグリしな……ンゥッ！」

疼く肉粒が圧迫されるたびに、ジンとした疼きが襞をうねらせていた。

「んぅ……っ。あ、ああっいや……弄っちゃ……だ……んんぅ……」

身悶えるシャーリーに、ラルフは指の腹で乳首の側面をさするようにして擦りつけてくる。感じやすい部分を同時に嬲られ、甘い痺れが全身を駆け巡っていく。

「は、……はふ……ぁ……ッ」

たっぷりとした胸の膨らみを掬い上げ、持ち上げながら柔肉を揉みしだき、そして、乳首を撫で擦られる。その繰り返しに、いっそう身体が疼くのをとめられない。

「あ、あぁ……、く……ん……っ」

シャーリーは、ラルフの巧みな指や淫らな腰の動きに合わせて、ビクビクと身体を跳ねさせてしまっていた。

『恋人とも、こんなこと……した？』

低く掠れた声で耳元にそう囁かれ、シャーリーは真っ赤になってしまう。

恋人となったばかりのロニーに、初めてのデートで部屋に誘われた。だがそれを断って、彼と過ごしている間もずっと、弟であるラルフのことばかり考えていたのだ。

こんなことを知られたら、きっと呆れられてしまうだろう。

「……し、……知らない……」

シャーリーは俯いて、顔を背けてしまう。

挙句に、付き合い始めたばかりの恋人との別れを考えていたなんて、最低だ。

自分勝手にもほどがある。

恥ずかしい。こんなこと絶対にラルフに知られたくない。自分への情けなさに溢れそうになる涙を堪えていると、恐ろしいほどの威圧感を背後に受ける。

『へぇ……』

低く呟いたラルフは、濡れそぼった秘裂になにかを押し当てた。

「……え……、ラルフ……ッ?」

なにをする気だと、シャーリーが驚愕に息を飲んだとき、濡れそぼった媚肉が左右に割り拡げられた。噎せ返るような蜜の香りが、辺りに漂う。

「だ、だめぇっ、ラルフ、だめ、挿れちゃ……だめぇ……っ」

膨れ上がったラルフの亀頭が、ヌブリと押し込まれていく。慌てて逃げようとするシャーリーの腰を摑んで、ラルフは強引に腰を押し進めた。

「……ひぁ……っ、ラルフ……抜い……、あぁぁっ」

内壁をみっちりと埋め尽くしていく肉棒が、ズンと最奥を突き上げ、シャーリーは身体を仰け反らせた。

「あ、あぁっ!!」

そのまま、膨れ上がった怒張は、亀頭の根元までズルリと引き摺り出される。喪失感に全身が総毛立つ。

「……だ、だめ……っ」

懸命に懇願するシャーリーの膣肉が割り拡げられ、また熱い昂ぶりが穿たれた。内壁の襞を拡げるように、グルリと掻き回される。

「ラルフ……っ、……いや……ぁ……、しな……でぇ……、ん、んぅ……!」

脈動する雄の竿の根元を咥え込み、シャーリーはブルリと身体を震わせた。すると、感じている様子に気づいたのか、抽送する動きが次第に速くなっていく。

「……んっ、や……、動かしちゃ……、だめ……」

ズチュリと奥深くまで抉られ、張りあがった嵩高《かさだか》な亀頭のえらに膣肉を擦りつけられながら、ヌぷりと引き摺り出される。

「く……ふぁ……、あ、はぁ……、んん」

声を押し殺そうとした。だが滾る肉棒で貫いてくるのがラルフだと思うと、求めるように襞がうねってしまう。

『そんな顔で、だめって言われても、聞けないよ』

グチュグチュと容赦なく揺さぶられていく。

『弟のペニスでも、気持ちいい？　グチュグチュされるの好き？』

卑猥な言葉を囁かれ、シャーリーは懸命に首を横に振って否定する。

「……んぁっ！　あ、あ、あぁっ！　……ラルフッ、だめぇ……、姉弟……なのに……、挿れちゃ……だめ……なのに……っ」

懸命に訴えるが、ラルフの律動はとまらない。

『だめなことって、気持ちいいよね。すごくやりたくなる』

ゴリゴリと子宮口を突き上げながら、後ろから胸の膨らみを掴みあげ、痛いぐらいに揉みしだいていく。

『僕の性格知っていて、わざと煽ってるの？』

彼の掌のなかでこすりつけられた乳首が、身震いするほど疼きあがる。

「違……、本当に……うぅ……ん」

同時に、男を知ったばかりのシャーリーの狭い肉洞が、突き上げられるたびに疼痛を走らせ、キュウキュウと萎縮する。その狭隘な膣孔を、ラルフは強引に押し開き、そして固い切っ先を引き摺り出す行為を繰り返す。

「ひぃ……っ、ぅ……ん、……ンンッ……っ」

シャーリーはリネンにしがみつき、突き上げられるたびに湧き上がる愉悦を堪える。

暴漢と同じことをされている。それなのに、相手がラルフだと思うだけで、信じられないほどの喜悦に身体が苛まれてしまう。

挙句に、あられもない嬌声を上げて、自ら腰を振りたくり、もっとして欲しいと懇願しそうにすらなってしまう。喉の奥から欲求が高ぶる。淫らに疼く唇を、ラルフに塞いで欲しかった。そして、震える舌を痛いぐらいに吸い上げて、込み上げる渇望を満たして欲しかった。だが、ラルフは口づけてくれない。かわりに、シャーリーの耳元にそっと囁いてくる。

『ロニーは、どんな風にシャーリーに触ったのかな？』

愛らしいのに、どこか聞くものを凍りつかせるような声だった。

「……言わ……ない……っ」

シャーリーは瞳を潤ませながら、ブルブルと頭を横に振る。ロニーとはこんなことをしていない。キスすら拒んでしまった。

いけないと解っているのに、シャーリーが触れたいと願ってしまうのは、ラルフだけだ。

だが、そんなことを言えるわけがない。ふたりは姉弟なのだから。

『ねえ、教えて。そんな記憶、頭のなかから消えちゃうぐらいに、僕がいっぱい弄ってあげるから』

熱い肉棒を後ろから抽送しながら、ラルフはシャーリーとの接合部分に手を伸ばして、膨らんでヒクヒクと震える小さな果肉をクリクリと抉り始める。

「……あっ、あぁっ……。そこ……やぁ……ンンッ」

これ以上、ラルフに感じる場所を弄られては、おかしくなってしまう。

「……や……っ、触らな……で……っ、だめ……ぇ……っ」

それにしてもどうして夢のなかのラルフは、あんなひどい真似をした暴漢よりも、ロニーのことを怒るのだろうか。

『言ってくれないなら、仕方ない。……シャーリーの頭の先から爪の先の隅々まで、朝がくるまでなんども舐めてあげる。だから、いいんだよ。このまま黙ってても』

ラルフの舌が自分の身体中を這う。考えるだけでゾクゾクと震えが走って、身体が熱くなってしまう。

隅々まで、なんども舌で辿るなんて、だめだ。シャーリーには堪えられない。きっと口にしてしまう。……もっとして欲しいと。

そして、ラルフを愛していると。

「……い、言う……から、許して……っ、ン……、あ、あ、あぁっ！」

しゃくり上げながら、シャーリーは懸命に懇願した。その間にも、脈動する肉棒が、ズチュヌチュと卑猥な水音を立てながら、シャーリーの膣肉を突き上げ、うねる襞を擦りつけてくる。

『素直になる？　じゃあ、言って。……処女だったんだから、セックスまではしてないよね。……どこまで許したの』

「してな……っ」

リネンにうつ伏せになり、お尻を突き出す格好で、なんども執拗に実の弟の熱棒を穿たれる。そんな状況なのに、シャーリーは媚肉の奥にある欲望の芯を膨らせて、喘いでしまっている。肉棒を抽送されるたびに、泡立った花蜜が掻き出される。太腿に伝わり落ちる滴の感触にすら高ぶってしまう。

『なにが』

グッと子宮口を突き上げられ、そのままグリグリと腰を押しつけられる。固い亀頭の先端に抉られるたびに、シャーリーは大きく仰け反り、身悶えていた。

リネンに擦れた乳首が、身体中にいっそう激しい疼きを走らせていた。

擦れる肌も熱い。

熱い。突き上げる熱棒も、迫り上がる体温も、沸騰しそうな頭のなかも、壊れそうになる鼓動も。ラルフに触れられると、なにもかもがトロトロに蕩けてしまいそうになる。

彼は、シャーリーのすべてを焼き尽くして、消し去ろうとしている気がした。

「あ、あっ……。ロニーとはそんなこと、してな……っ」

喘ぎ混じりの声で告白する。激しい律動を与えてくる太い幹の持ち主は、実の弟。

いくら夢とはいえ、それが解っているのに、気持ちよくて堪らない。

「……んぅっ、ひぃ……ん、ンンゥっ……」

抜き差しされるたびに、感じ入った腰がビクビクと跳ねてしまう。

もっと奥まで。

もっと満たして。

もっと、もっと、もっと。

歓喜に蠢動したシャーリーの濡襞が、みっちりとラルフの脈動する肉棒を咥え込み、貪欲にその固く熱い感触を伝えてくる。

『じゃあ、なにしたの？　キス？　抱き合った？　このいやらしい乳首吸わせた？　それとも、ここ弄らせた？　口で咥えた？　言ってよ……。シャーリーには怒ったりしないから、ねえ。言ってよ』

捲し立てるように責める声で尋ねられ、シャーリーは首を横に振る。

「……な、なにもしてな……の……、ンンッ」

『え？』

正直に答えると、ラルフは驚いた様子で、肉棒を穿つ動きをとめた。シャーリーは肩口を震わせながら続けた。

理性もプライドもなにもかもが焼き切れていく。

もうラルフにどう思われようが構わなかった。

素直に白状するから、焦らさないで、疼く身体を満たして欲しい。

「手、つないだ……だけ……」

夢のなかのラルフは、安易に恋人をつくり挙句に暴漢に襲われるような愚かな姉に、怒りを感じているのだろうか。だから、こんな風に嬲ってくるのだろうか？

それとも、現実の優しいラルフに罰して欲しいと自分が願っているため、こんな夢を見ているのだろうか。

息を乱しながらも訴えたシャーリーの足を抱え、ラルフは横抱きにして顔を覗き込んでくる。これでは視線があってしまう。

「やぁ……、見ないで……っ」

シャーリーは恥ずかしさのあまり、自分の腕で顔を隠そうとした。だがラルフはそれを許さず、無理やり腕を解いてしまう。

『本当に？』

探るような目つきで、ラルフが見下ろしてくる。

「……うん……」

シャーリーが、叱られた子供のようにコクリと頷く。するとラルフはシャーリーの眦に溜まった涙をチュッと啜り上げた。

『じゃあ、今日は怖かったね。……ごめんね？』

夢のなかなのに、ラルフはやっぱり優しかった。優しく頭を撫でられ、シャーリーは縋り付きたくなってしまう。

「も……怒らないで……」

ビクビクと怯えながらラルフを窺うと、今度は唇が重ねられる。

ずっと口づけて欲しかった。その飢えが満たされ、シャーリーは夢中になって舌を絡めてしまう。

「ん、んぅ……っ」

これは夢。

だから弟のラルフと口づけても、罪ではない。

本人に軽蔑もされない。なにをしてもいいのだ。

自分にそう言い訳しながら、シャーリーはラルフの舌を吸い、強く重ねる。

『僕はシャーリーを怒ったりしないよ。それにもう、あの男とは別れてもらうし』

ラルフは、それが当然とばかりに言い放つ。

「……なに言って……」

シャーリーが唖然とすると、ラルフは薄く笑って、激しい抽送を始める。

「あっあぁ、いやぁ……ラルフ、そんなに突き上げたら……だめ、だめぇ……」

熱く震える襞が、ビクビクと脈打つ熱い楔になんども突き上げられていく。

固い切っ先が濡襞を擦りつけ、引き摺り出す動きを繰り返すと、蠢動した襞が、キュウキュウと肉棒を締めつける。

『シャーリーのなか、本当、気持ちいいね。……蕩けそう』

掠れた声で囁かれると、腰の抜けそうな快感が、身体中に駆け巡っていく。

『すごく、なかがうねってて、いやらしい感触なんだよ。弟を、こんなに夢中にさせて、どうする気なの』

横抱きのまま片足が抱えられると、接合が深くなった。そうして、淫らに収縮した襞を、グチュヌチュと突き上げられて、下肢から甘い痺れが湧き上がってくる。

「んぁっ、あ、あっ！」

熱い吐息を漏らしながら、シャーリーは声を上げた。

膣洞《ちつどう》を縦横無尽に突き上げられ、擦られた陰唇が切なく収斂を繰り返す。

「……あ、あぁ……っ、そんなに突いたら、わ、私……っ」

実の弟と繋がっている、淫夢。それなのに、すべての感覚が現実のように生々しく、そして、甘く苦しい。

ゾクゾクと肌が震える。激しい快感に頭のなかまで痺れていく。

「あ、あ、あ、あぁっ！」

シャーリーは、ガクガクと腰を浮かせながら、高みへと押し上げる愉悦に身を任せた。

＊＊　＊＊　＊＊

「はぁ……っ、はぁっ……」

姉弟で快感を貪り合うという恥ずかしい夢から、シャーリーは汗だくになって目覚めた。

下肢には、先ほどまで本当に行為に及んでいたのではないかと思うような異物感があり、ヒクヒクと襞がうねっている気がする。だが、辺りは静まり返っていて、内側から鍵のかけられた部屋は、まったく変わりはない。

シャーリーはバスルームに駆け込み、鏡を見ないようにしながら、汗を洗い流した。

なにもかも忘れたくて、なんどもなんども肌を擦り立てるが、行為の感触が消えない。

こんな淫らな夢を見てしまったことを知られたら、きっとラルフに軽蔑されるに違いなかった。

バスルームから出たシャーリーは、フラフラとラルフの部屋に近づき、そっと扉を開けてなかを覗く。

夢の始まりを思い出し、ラルフが本当に暴漢に襲われていたら……という不安に駆られたからだ。すべては夢だ。だから、大丈夫。そう自分に言い聞かせる。

部屋を覗くと、意外なことにラルフはベッドの上で身体を起こした。

「入っておいでよ。もしかして眠れなかった？」

夜中にバスルームを使うような真似をしてしまったため、水音でラルフの眠りを妨げたのかもしれない。

相手は弟とはいえ、夜中に男性の部屋を覗くなんて淑女としてありえない行為だ。

シャーリーは、慌てて言い訳した。

「……こ、怖い夢を見て……」

まるで子供みたいなことを言っている。自分でも解っていたが、とっさのことで、なにも他に思い浮かばなかったのだ。

まさか実の弟と淫蕩に耽る夢を見ていたなんて、本当のことが言えるわけもない。

「僕もよく怖い夢を見るよ。大丈夫だから、一緒に寝よう」

ラルフは優しく誘ってくれる。だが、シャーリーは疚しさから、足が動かない。

身も心も穢れきった自分には、美しく優しい弟に近づく権利などない気がした。

先ほどシャーリーが見ていた淫らな夢のことをラルフが知ったら『一緒に寝よう』なんて言ってもらえるわけがない。

躊躇するシャーリーを、ラルフは扉まで迎えに来てくれた。そして、無理に触れようとはせずに、そっと指を繋いでベッドまで手を引いてくれた。

一緒にベッドの上に横たわる。だが、いつものようにラルフは擦り寄ってこない。

暴漢に襲われたばかりのシャーリーが怯えないようにするためか、ラルフは距離を取ってくれているらしかった。だが、その距離感が淋しくて、シャーリーはラルフのパジャマの上着の端を摑んだ。

「どうしたの？」

ラルフは穏やかに笑って、尋ねてくれる。

「……な、なんでも……」

近づいてはいけない。解っているのに、ラルフがすぐそばにいないと、シャーリーは不安で堪らなかった。

「こっちおいでよ」

シャーリーが目を泳がせていると、ラルフが声をかけてきた。

「……でも……」

ラルフは、シャーリーがあんな夢を見たことを知らないから、気軽にそんなことが言えるのだ。

「怖くないから、こっちにおいで」

どうやらラルフは、暴漢に襲われたシャーリーが、男性に触れることを躊躇していると思っているらしい。確かに、シャーリーは男性が恐ろしくて堪らなくなっていた。

しかし、ラルフだけは別だ。この世で唯一、自分を傷つけない相手はラルフだけなのだから。シャーリーは躊躇いながらも彼に擦り寄る。

「ラルフ」

シャーリーは大好きなラルフに腕を回して、ギュッとしがみつく。温もりが伝わってきて、心地よさに瞼を閉じた。甘く苦しい歓喜の痺れが全身を震えさせていく。

「……姉さん。……抱きしめてもいい？」

控えめに尋ねられ、コクリと頷く。すると、子犬でも抱くようにふんわりと腕が回された。本物のラルフの腕に包まれている。そう思うと、身体の芯から甘く蕩けだすほど心地よかった。だが、ラルフに背中の筋に触れられた瞬間、ビクリと身体が引き攣る。

「んぅ……っ」

夢のなかで高ぶらされた熾火《おきび》が、まだ身体にくすぶっていたらしい。いきなり身体を揺らしたシャーリーに、ラルフは驚いた様子だ。

「ごめん。怖かった？」

申し訳なさそうに尋ねられ、ブルブルと頭を横に振る。

違う。ラルフが怖いのではない。

シャーリーはそのことを伝えたくて、ギュッとラルフにしがみつく。

「もっと……抱きしめて……」

逞しい胸に頬を擦り寄らせ、掠れた声で囁くと、ラルフはコクリと息を飲む。

「それは……いいけど……。……こうしていると、なんだか変な気分になるんだ。ごめん」

目のやり場に困ったように顔を逸らすと、ラルフは、言いにくそうに答える。
そして、シャーリーの身体を離そうとした。

「……いや……っ」

いつもはラルフがしがみついてくるのに、今日はすっかり逆になってしまっていた。

「いやって……言われても。姉さん。……このままじゃ僕……。なにするか……」

シャーリーの背中に回されていたラルフの手が、淫らさを含んだ動きで背中を撫でる。

これは暴漢の手ではない。淫らな夢でもない。

現実のラルフの手の感触なのだ。そう思うと、ひどく身体が高ぶってしまう。

ラルフは『なにをするか……』と言った。もしかして、自分と同じように、触れたいと思ってくれているということだろうか?

微かな期待に胸が高鳴る。

「……ん……っ」

触れられる指の感触に、ビクリとシャーリーの身体が跳ねた。同時に、ツンと固く乳首が勃つのを感じた。

抱き合うことで興奮してしまっていることが、布越しに伝わってしまう。

恥ずかしい。それなのに、どうしても離れられない。

「ラルフに触られると、……嫌な記憶が薄れる気がするから……。もう少しだけ……」

触って欲しいのだと、耳元で囁く。するとラルフは性急な動きで、シャーリーを抱きしめてくる。

「……ね、姉さん……。そんなこと言われたら、僕、……本当に触ってしまうよ」

艶めかしい手つきで背中が撫でられ、肩口に顔を埋められる。ラルフは息を乱していた。

熱い吐息が首筋にかかる。

伝わってくる心音は、シャーリーと同じ速さで鼓動していた。

同じ気持ちなのだろうか？　そう思うと余計に、手が離せない。

嫌な記憶を消して欲しいなんて、本当は言い訳だった。夢ではなく現実のラルフに触れて欲しい。そして、あの恐ろしい暴漢の感触を消し去って欲しかった。

「ラルフなら、いいから……」

羞恥に震えながら呟くと、ラルフはシャーリーのふんわりとした大きな胸の膨らみを躊躇いがちに触れてくる。

「ここも、触っていいの？」

本物のラルフの手が、胸に触れている。そう思うだけで、歓喜に身震いが走る。

「……うん……」

頬が熱い。小さく頷くと、シャーリーの身に纏っているナイトガウン越しに、ラルフは乳房を撫でさすり始めた。

「柔らかくて……気持ちいぃ……」

弧を描く動きで、胸が揉まれると、薄い布地に擦れた乳首がジンジンと疼いてしまう。

「あっ。……ん、んぅ……」

布地越しに乳首が尖ってしまっていることは、ラルフに気づかれてしまっているはずだった。恥ずかしくて、いっそう顔が熱くなってしまう。

「……ん……」

少し胸を触れられているだけ。それだけなのに、ひどく身体が昂ぶっていた。ラルフの手の動きに合わせて、ビクンと身体が跳ねあがり、喘いでしまいそうになる。

シャーリーはギュッと瞼を閉じて声を押し殺していた。そして、透けるように白い喉元を仰け反らせ、フルフルと震えながら鳶色をした艶やかな髪を揺らす。

「かわいい。姉さんは誰よりもかわいい」

ラルフはシャーリーの額や頬に、チュッと優しく口づけてくれた。

「キスしてもいい？」

「……っ！」

だめ。そう言わなくてはいけないのに、心と身体のすべてが、彼を欲してしまっていた。

ジッと顔を見つめられる強い視線を感じた。ラルフは返答を待っている。

「……だめ？　……キス、したいな。そのかわいい唇を塞いで、小さな舌も、愛してあげたい」

キャンディを強請るように、甘い声音でお願いされてしまう。彼のそんな声に、シャーリーが弱いのを知っているはずなのに。

「少し……だけなら……」

躊躇いがちに頷くと、ラルフが嬉しそうに抱きついてくる。

「ありがとう。シャーリー大好き。じゃあ、するね？」

熱い吐息を頬に感じる。そのまま、唇がそっと重ねられるのだろう。そう思って、シャーリーが目を瞑って待ち焦がれていると、ラルフの唇は口角の辺りを啄んだ。あと少しだったのに、やはり夢のように激しく求めてはくれないらしい。

「……っ」

しかし実の弟を相手に、もっと熱いキスをして欲しい、なんて言えない。

シャーリーは瞼を開くと、潤んだ瞳でじっと彼を見上げた。そんなシャーリーを見下ろし、ラルフが熱っぽい声で尋ねてくる。

「足りない？　もしかして……唇も、無理やり奪われたの？」

シャーリーを襲った暴漢は、唇に触れることはなかった。だが、違うと言えば、ラルフはこのまま口づけてくれなくなるだろう。そう思うと、嘘はいけないと解っているのに、小さく頷いてしまう。

「――へえ。……そう。だったら、消毒しないとね」

いけない嘘の挙句に、やっと待ち焦がれていた瞬間がきた。

優しく唇が重ねられる。ラルフからのキスだ。そう思うだけで、心臓が高鳴る。

「んぅ……っ」

柔らかな感触。微かに擦れる粘膜。そのすべてに歓喜してしまう。だが、唇はすぐに離れてしまった。

ラルフと、もっとキスしていたかった。

シャーリーは名残惜しげに、離れてしまったラルフの唇を見つめてしまう。

「ここに触れたのは恋人？」

唐突に尋ねられた言葉に、シャーリーは首を横に振る。するとラルフが微かに笑った気がした。

「そうだよね。さっき、恋人には手を握られただけだと言っていたものね。それは嘘じゃないよね。……姉さんを襲った悪い奴に口づけられたのか。かわいそうに……。僕が忘れさせてあげるよ」

先ほどより、もっと強く、ラルフの唇が重ねられた。ジンと唇が痺れる。

口づけとはこんなにも、胸をときめかせるものなのだろうか。それとも、ラルフだけが特別なのだろうか。

シャーリーは、彼の唇しか知らない。だからその答えを知ることはできなかった。

触れた唇はなんども角度を変えながら、次第に深くなっていく。柔らかな唇が擦れるたびに、喉の奥から欲求が迫り上がり、身体が焦れていくような気がした。

これだけじゃ、足りない。

あの寝ぼけて触れてくれた夜みたいに、激しい口づけをして欲しかった。

「ん、んぅ……」

シャーリーは気恥ずかしさに、求める言葉を告げられず、ラルフのパジャマの袖をキュッと引っ張った。

「……もっと、欲しい？」

甘く尋ねられ、小さく頷く。

するとラルフの蠢く舌先が、熱く疼くシャーリーの口腔に入り込み、粘膜をヌルヌルと擦りつけていく。

「ふぁ……、ん、……んぅ……っ」

絡み合う舌の感触に、どうしようもなく身体が疼いて、もっと口づけていたくなってくる。だが、これはいけないことだ。

しばらくふたりは舌を絡め合っていたが、熱い吐息を漏らしながらも、シャーリーは顔を背ける。もっと口づけていたい。そう思う弱い心を、必死に胸の奥に押し込む。

ラルフの首に腕を回して、彼の熱い舌と自分の舌を、絡み合わせたかった。

でも、いけないのだ。

「怖い？　大丈夫だよ。生まれる前から僕たちは一緒にいたんだから。こうして、触るのも一緒に眠るのも、当たり前のことなんだ」

ラルフに当然のように告げられ、シャーリーの心は揺らいでしまう。

そう、なのだろうか。

「いいんだよ。……だから、キスさせてよ」

ラルフの言葉を考える間もなく、さらに深く唇を塞がれる。

「……ふ……ンンッ」

顔を背けた仕置きだとばかりに、噛みつくように口づけられた。ヌルついた舌で口腔を抉られて、激しく唇や舌が貪られ続ける。吐息まで奪う激しい口づけだ。お互いの唾液を捏ね合わせるような口淫に、シャーリーはビクビクと身体を引き攣らせる。

「……んぅ……、んふ……、は、はぁ……」

口づけの激しさに呼吸ができず、シャーリーは苦しげに喘ぐ。溢れる唾液をチュッと吸い上げられると、頭のなかが霞んでいく気がした。

「こんなに気持ちいいのに。だめなわけないよ。……だから、シャーリーは僕のことだけ考えて。そうすれば、もう怖いことなんて、絶対に起きない。悪い奴にひどい目に遭わされたことも、ぜんぶ僕が忘れさせてあげるから」

ラルフは唇だけではなく、シャーリーの耳朶や首筋にまでキスの雨を降らせ始めた。

「……あ……、ラルフ……ッ」

肩口を揺らしながら名前を呼ぶ。それに呼応するように、ラルフは狂おしいほどの切ない声で、なんどもシャーリーの名前を繰り返した。

「シャーリー……。はぁ……、シャーリー……。あぁ、堪らないよ」

首や耳の裏を吸い上げられながら、震える肌が、艶めかしく撫で擦られていく。肩口、胸の膨らみ、そして、腹部、脇腹。

「あぁ……、だめ……、そんな触り方しちゃ……声が、……ん、んぅ……っ」

淫らな手つきだった。情欲を煽るようないやらしい触れ方に思えた。シャーリーはリネンの上で仰け反りながら、必死に感覚に堪えようとした。

「僕の触り方が、なに？」

「……な、なんでも……」

ラルフは暴漢に触れられた恐ろしい記憶を消すために、優しく撫でてくれているだけなのだろう。それなのに、感じてしまっているなんて、言えない。

そうして、ラルフは次第に、シャーリーの下肢へと手を伸ばしていった。

「そっちは……」

「怖くないよ……、忘れさせてあげるだけだから」

茂みに覆われた淫肉を、割れ目に指を沿わせたまま、柔々《やわやわ》と揉まれ始める。

「……んぅ……っ」

ヒクンと身体が跳ねる。

「ここ、熱くなってるね。……濡れてる気がする。キス、気持ちよかった？」

熱い吐息を漏らしながら、ラルフが耳元で尋ねてくる。

そんなことを聞かれても、答えられるわけがない。シャーリーは気恥ずかしさに顔を背けながら、ブルブルと震えていた。

「言いたくないなら、いいよ。代わりに声を上げてもらうから」

　そのまま上下に擦り上げられ、媚肉が愛撫されていく。秘裂の間に差し込まれた中指が、感じやすい花芯や花びらのような突起、そして濡れた陰唇をなんども辿っていく。

「……ん、んぅ……っ」

　溢れた甘い蜜を陰部全体に広げるような手つきだった。

「あ、あ……んっ！　……く……ふぁ……っ」

　ゾクンゾクンと、断続的な痺れが身体を駆け巡る。

　声が抑えられない。身体の奥底から、いっそう淫らな蜜が溢れ出てしまう。

「……だ、だめ……、だめ……ぇ……。ラルフ、放し……」

　熱く火照った顔をプルプルと横に振って、シャーリーは懸命に訴える。

「放すのなんて、だめだよ。だって、僕はもっとシャーリーの、いやらしい身体に触れていたいんだから」

　そう言ってラルフは熱く震える媚肉を左右に割り拡げ、濡れそぼった秘裂の間を露わにした。

「……や……っ、ん、んぅ……」

そうして隠されていたシャーリーの肉粒が空気に晒された。

「ここ、触るとビクビクしてたよね。……触られるの、好き？」

興奮に膨張した小さな肉芽が、ラルフの固い指先でクリクリと擦りつけられていく。

「……ちが、……違……っ。声、出ちゃ……だけ……」

「それを気持ちいいって、言うんじゃないの？」

鋭敏な突起をゆるゆると指先で掠められ、堪らないほどの快感が迫り上がってくる。

シャーリーの腰は、無意識にビクンビクンと跳ねあがってしまっていた。

「そ、それは……っ」

もう隠しようがなかった。

ラルフの指で感じてしまっている。認めるしかない。そのことが、いっそうシャーリーの羞恥を迫り上げていた。

「ここ、感じるんだよね？　じゃあもっと触ってあげる。怖くなったら言って。震えがとまるまで、僕がキスしながら、抱きしめてあげるから」

ラルフの手は、とても優しい。そのうえ、シャーリーの身体の隅々まで、知り尽くしているかのように、正確に感じる場所を探りあててしまう。

「……ど……して……、こんなに……」

いくら淫らな行為に慣れていないシャーリーでも、そんなことはありえないはずだと、疑問に思ってしまう。

ラルフは、初めてではないのだろうか？　もしかしたら、恋人と同じようなことをしているのだろうか。

「どうして感じる場所が解るのか、不思議？　解るよ。だって……、シャーリーと僕は双子なんだから」

クスクスと笑うとラルフは、ナイトガウン越しに、シャーリーの乳首を弄んでくる。

「触れてくれたら、きっとシャーリーにも解るよ。僕の感じる場所」

そう言ってパジャマのズボンをずらして、ラルフは憤った肉棒を引き摺り出した。

ラルフの性器はすでに膨張して、固くそそり勃っていた。まるで生きて鼓動しているかのように、赤黒い肉棒が脈打つ。

「……や……っ」

生まれて初めて目の当たりにする男の性器を前に、シャーリーは思わず腰が引けてしまう。するとラルフはそんなシャーリーの手を取り、誘うように甘く囁いた。

「怖くないよ。……だから握ってみて」

そう言って、シャーリーと手を重ね合わせたまま、ラルフは肉棒を掴む。

「やぁ……っ」

固い亀頭を握り込まされ、シャーリーは気恥ずかしさに声を上げた。

今まで触れたことのない肉茎の湿った感触に、手が震えてしまう。包皮ごとゆるゆると手を動かされると、卒倒してしまいそうだった。

「……そんなかわいい声を聞かされたら興奮する」

クスクスと耳元で笑われ、いっそう頬が熱くなった。ラルフは握らせた肉棒を上下に扱かせ始める。

「……ん、……ん……うッ」

ラルフの肉棒に触れた指先が熱い。亀頭の根元を掴むようにして、そのまま竿を撫でおろし、ふたたび元の位置まで擦り上げる。手を重ねられたまま、肉棒を扱く行為を強要されていたシャーリーは、いつしか息を乱してしまう。

「はぁ……、こんな……凄……ぃ……」

この熱く膨れ上がった怒張が、ラルフの欲望なのだ。そう思うだけで身体の芯が熱くなっていく気がした。

「……んっ……ぅ……はぁ……、ね……姉さん……、そんなに掴んじゃだめだよ……ね、優しくして……。そっと握って……」

目の前でラルフがビクビクと身体を震えさせている。隆起した欲望を、シャーリーに擦られて感じているのだ。

「こう……？　こうするといいの？」

そう思うと胸の奥に歓喜が湧き上がって、気がつけば自ら望んでラルフの肉棒を扱き始めていた。手のなかで脈打つ肉棒の先端にある鈴口《すずぐち》からは、先走りの蜜が滲み出ていた。

その透明な滴は、シャーリーが手を動かすたびに、溢れていく気がする。

「はぁ……、ん、んぅ……。はぁ……、だめだって、そんなに強くしないでよ……っ……、僕のここ、壊れる……」

ラルフが頬を上気させながら、掠れた声で訴える。

「ごめんなさい……。これぐらい……？　ね……、気持ちいい？」

シャーリーは慌てて強張った手の力を緩めた。そして、亀頭の付け根から竿の根元まで、指で扱きあげていく。

「……おかしくな……ンンッ……、ねぇ……さ……んっ、あぁ……っ」

ぬめった肉茎を、指の腹で擦りつける。

「……気持ち、いいの……。ラルフ……？」

シャーリーはラルフの胸に、そっと頬を摺り寄せた。

そして、肉棒を摑んだ指の力を強め、先走りを塗り込めるようにヌチュヌチュと淫らに鍛える。

「ん……。すごく気持ちいい。……はぁ……く……んん」

ラルフは息を乱しながら、シャーリーの背中を抱き寄せてきた。

間近に迫るラルフの胸に衝動的に唇を押し当てる。しっとりと汗ばんだ肌の感触が、吸いつくようで、シャーリーはいっそう高揚してしまう。

「……はぁ……はぁっ」

指に絡んだ肉棒の質量や熱、熱い吐息、早まる鼓動。

ラルフのすべてが愛おしくて、なにもかもすべてが沸騰してしまいそうになる。

「……っ」

好きだと。

衝動的に声を上げそうになるのを堪える。ラルフにもっと気持ちよくなって欲しくて、逸る気持ちから、また肉茎を扱く手に力が入ってしまう。

「あ、あぁ……っ！　だめ……、シャーリー、い、痛いから……」

苦しげに訴えられ、シャーリーは手の力を緩める。

「……ご……、ごめんなさい」

じっとラルフを見上げると、快感に息を乱した表情を目の当たりにした。

上気した頬、薄く開いた唇、掠れた声。そのすべてをもっと見たくて、知りたくて、暴きたくて、堪らない。

「ラルフ……」

そっと身体を摺り寄せる。身に纏っていたナイトガウンが乱されていたため、直に胸の膨らみを押し当てる格好になっていた。

「そんなに人のこと煽って……、姉さんなんか……も……もう、知らないよ……」

ラルフが息せき切ったように、シャーリーの唇を奪ってくる。

性急な口づけだった。ぬるついた舌を絡み合わせ、激しくシャーリーの口腔を掻き回しながら、のしかかってくる。そして、シャーリーの乳首を親指の腹で擦るようにして、いやらしく胸を揉み込み始めた。

「……あっ、……うぅンンッ」

熱い舌が絡み合う感触に、付け根から唾液が溢れる。それを啜り上げられ、さらに淫らに口腔を舐られた。

固い男の指の腹でコリコリと乳首を弄られるたびに、シャーリーは身悶えながら、甘く濡れた声を上げる。

「ふぁ……、あ、あぁ……」

ラルフはその声を耳にすると、獣のように息を乱し、唇をいっそう激しく重ねて食むようにして貪り、指の動きを激しくした。

「ん、ンんぅ……っ、あ。あぁっ、……そんなに……、っ、強く……乳首、弄っちゃ……、て、……手が……動かせなくなる……っ」

ラルフを批難するが、先ほどなんども強くペニスを握ってしまった仕返しなのか、手加減してもらえない。

「……やぁ……ンンッ」

柔肉や感じやすい突起を嬲られる痺れに、憤り勃った肉棒を掴んでいるシャーリーの指の力が抜けそうになってしまう。

「擦れな……っ、あ、あぁ……」

シャーリーが息を乱して訴える。すると、狂おしいほどに甘く掠れた声で、ラルフが言い返した。

「……もう……、握らなくていいよ」

そうして、肉棒を握っていた手を解かれた。

「え……？」

どういう意味なのだろうか。もう触れて欲しくないという意味なのだろうか？　ラルフの意図が読めずに困惑していると、シャーリーの足が開かれて、媚肉の間に肉茎があてがわれた。

「……だめ……っ、ラルフだめよ」

それだけはだめだ。身体を触り合うぐらいなら、罪にならないかもしれない。だが、身体を繋げるのは大罪だ。

ふたりは実の姉弟だ。この国の法だけでなく、神様も許してはくれない。

「このままじゃ、苦しい。……姉さん、お願い……。なかで出さないから……」

ラルフが狂おしい眼差しを向けてくる。ただそれだけで、どんなことでも頷いてしまいそうになった。

「で、でも……」

背徳に戸惑うシャーリーを姦淫の道へと誘うように、ラルフは耳朶を唇で挟んで、甘く歯を立ててくる。

「……んぅっ……」

ぬめる感触にビクリと身体を引き攣らせると、さらに熱っぽい声で囁かれた。

「このままじゃ、姉さんが欲しくて、……おかしくなってしまう。ねえ。……お願いだから、抱かせてよ」

いつもの甘えた声を、こんなときに使わないで欲しかった。シャーリーは泣きそうになりながら、媚肉に押しつけられていた熱く脈打ったラルフの肉棒にふたたび手を伸ばして、華奢な指先で懸命に扱きあげる。

「あ、あの……ラルフ。こ、これは……私が口で……するから……」

その前に、手のなかでラルフの欲望が達してくれるように、心のなかで祈る。だが、ラルフの肉棒は、固く反り返って、熱く滾ったままだ。

このままでは、口で咥えなければならない。

頬を染めながら動揺するシャーリーに、ラルフは信じられない言葉を告げてくる。

「姉さんの口にも挿れたいけど……。それは今度にして。今は、こっちに挿れたい……」

ラルフの手が、シャーリーの下肢を這い、媚肉の間を探ってきた。

「……さ、触っちゃだめ……っ」

夢と現実の両方でラルフに乱された身体は、熱く蕩けてしまっていた。今すぐにでも、男を受け入れることができそうなほど、襞が柔らかく濡れそぼっている。

「ここ、今にも挿《い》れられそうなほど、ヌルヌルしてるけど……？　そんなに僕に触られて、気持ちよかった？」

淫らな問いに、シャーリーは返す言葉もなく、目を瞠る。そして、違うのだと訴えたくて、プルプルと首を横に振った。

「嘘つき。……こんなになってるなら、もっと欲しくて疼いているよね」

ヌブリと押し込まれた指が、震える襞を押し開くようにして、グチュグチュと掻き回されていく。感じやすい入り口を擦られるたびに、ビクンッと大きく身体が跳ねてしまう。

「……欲しいって、いいなよ。なかに挿れてもいいって、言って？」

ラルフは艶めいた声音で、淫らな問いを繰り返し囁いてきた。シャーリーがギュッと瞼を閉じて懸命に首を横に振ると、肉厚の舌を尖らせて、耳孔の奥を濡れた舌で抉ってくる。

「や、やぁっ。……やっぱりだめ……っ、手のなかに出して……」

血の繋がった姉弟で身体を繋げるなんて、やっぱり間違っている。どれほど甘い誘惑を囁かれても、頷けるはずなんてない。

「はぁ……、はぁ……っ、ラルフ、お願いだから……」

シャーリーは息を乱しながらも、懸命に訴える。

ラルフは口角を上げて静かに笑う。どうやら話を聞き入れて納得してくれたらしい。

そう思った瞬間だった。肉棒を握る手が離される。

「ごめんね？」

ラルフはシャーリーの片足を抱え、滾る肉棒を濡れそぼった膣孔の入り口に押し当て、ズチュリと奥へ押し込んでくる。

「……やぁ……っんぅ……、ラ、……ラルフッ……」

狭い肉洞を、太く膨れ上がった亀頭のえらで割り開き、ラルフはズチュヌチュと勢いよく抽送し始めた。

「あ、あぁっ。だめ……っ、ラルフ、今すぐ抜いて……」

濡襞が押し開かれ、脈動する肉棒が、上下に抽送していく。

これは夢ではなく現実だ。

シャーリーは激しい眩暈に、卒倒しそうだった。

「……は、はぁ……っ、あ、あっ」

首を仰け反らせ、咽頭を震えさせたシャーリーの口から、あえかな喘ぎが漏れる。

いけないことをしている。決して許されないことをしている。解っているのに。

身体のなかを押し開いて、激しく突き上げてくる楔。これが、ラルフの欲望だと思うだけで、シャーリーの肉筒は歓喜にヒクついて、淫らにうねってしまう。

「あ、あぁっ」

快感に膨れた肉壁が、みっちりと肉棒を咥え込む。固い切っ先が突き上げられるたびに、

求めるように腰が揺れてしまう。

「姉さんのなか、すごいよ。こんなに絡みついて、……はぁ……っ、気持ちよくて、止まらない。もっと奥、挿れたい」

ラルフの感嘆の声に、いっそう身体が熱く疼いてしまう。実の弟だというのに。

シャーリーは、この身体でもっと、彼の肉棒を強く咥え込んで、固い亀頭をうねる襞で咥え込んで、彼を乱してしまいたかった。

「はぁ……、あ、あ……、や、だめ……、ラルフの熱いの……挿《はい》ってる……だめなの……だめなのに……あ、あぁっ！」

でもだめだ。絶対にこんなことをしてはいけない相手だ。

シャーリーは、自分を戒めようとする。だが激しい愉悦に、ガクガクと身体が痙攣してしまう。

「だめぇ……。奥までいっぱいにし…な……で」

最後の理性を振り絞り、シャーリーは腰を引かせようとした。

だが、リネンにお尻を擦りつけるだけで逃げられない。行き場をなくし、後には引けない膣肉を、上から覆いかぶさるようにして肉棒を突き立てたラルフが、グリグリと押し回してくる。

「……あ、……あぁっ。……だめ……なか……も、……掻き回さないで……、ラルフ、ラルフお願いだから聞いて……っ」

ベッドのスプリングで僅かに腰が上下する。その動きを借りて、ラルフは抽送を激しくした。シャーリーの懸命な訴えも、ラルフは聞き入れようとしない。

「……はぁ……っ、はぁ……、聞けない。いいよ……。すごく、……いい。……こんな気持ちいいのに。とまらない」

ズチュヌチュッと卑猥な抽送音が、部屋に響く。

「ひっんぅ……っあ、あっ、ラルフ、……やぁ……」

繋がっている。実の弟と熱い肉棒で繋がってしまっている。

早く。早くやめさせなければ。だが、どれだけ声を上げても、ラルフの欲望をいっそう煽る結果にしかならず、膣肉が爆ぜそうなほど、激しく突き回されてしまう。

「……あ、あぁっ。ぐちゅぐちゅしないで……ラルフ……。あなたは……、弟なの……、私に、こんなこと、しちゃ……だめなのっ」

最奥を突き上げられるたびに、キュウキュウと襞がうねる。太く脈動する肉棒が引き摺り出されるたびに、ゾクゾクとした痺れが走る。

その繰り返しに、身体も、そして心までもが劣情に溺れてしまいそうになっていた。

「瞳をそんなに潤ませて、嫌がられても、余計にひどくしたくなるだけだよ」

抽送する動きが激しくなる。灼けついた肉棒が、限界まで膨れ上がり、今にも熱を弾かせそうになっていた。

「……だめ……挿れるのだけは、だめ……え……、あ、あぁ……」

泣きだしそうなのか、快感に蕩けてしまいそうになっているのか、自分でもわけが解らなくなってしまっていた。

「なにが怖いの？」

グチュグチュと腰を突き上げながら、ラルフは大きな胸の膨らみを摑みあげ、卑猥にそそり勃つ乳首を熱い舌で舐めしゃぶり、自分のものだとばかりに歯を立ててくる。

「ひ……っ、んぅ……あ、あぁ……」

感じやすい乳輪や乳首の側面を蠢く口腔で扱かれ、シャーリーは衝動的に身体を引き攣らせてしまう。

「僕は、姉さんとこうして愛し合えるなら、どんなことになっても構わないのに」

淫らな蜜で濡れそぼった恥毛が擦れ合うほど深く肉棒を穿たれて、そのまま揺さぶられ始める。

「ん、んぅ……っ、……だ、だって……あ、あぁっ」

脈動する楔で、グリグリと恥骨の辺りを抉られると、腰が浮き上がりそうなほどの愉悦が迫り上がった。

シャーリーはもうまともに呼吸もできないほど、熱く高ぶってしまっていた。

熱くて。熱くて。もう、なにも考えられなくなってしまう。

「……あ、あぁ……っ」

息を乱し、リネンの上で激しく身悶えるシャーリーの腰を摑んで、ラルフは執拗に肉棒を突き立てる。

グチュヌチュッと卑猥な水音が、部屋に響いていく。

「……姉弟で、……気持ちよくなっちゃだめだって？」

掠れた声で薄く笑う表情が、どこか狂気じみていた。

「神様が許さない？　ああ、いいよ。誰も、許してくれなくても、僕は構わない」

そう宣言すると、シャーリーの蜜壺《みつつぼ》のように濡れそぼった膣洞を、脈動する肉茎で突き上げ、固い亀頭のえらで蜜を掻き出しながら、濡襞を擦りあげる行為を繰り返していく。

白く泡立った蜜が接合部から溢れる。ぬるついた感触がいっそう強くなる。

「ラルフッ、あ、あぁっ！」

シャーリーにはもう逃げ出すような余裕などなくなってしまっていた。激しい愉悦に、身体中が蕩かされていく。甘い喘ぎを口から零して、男の性を受け入れるだけの淫らな獣と化してしまったかのように、腰を揺らしていた。

「逃がさない。姉さんは、僕のものだ」

身体はもう、完全に弟に屈服し、激しい肉欲を受け入れてしまっているのに、微かに残った理性が、ラルフを拒絶しようと抗う。

「あ、ああっ。……ぬ、抜いて、お願いだから、抜いて……。このままじゃ……」

淫らに腰を振りたくりながらも、熱に浮かされたように訴える。

そんなシャーリーを、ラルフは容赦なく肉棒で貫き、そして、狭隘な肉洞を愉しみながら、引き摺り出す行為を繰り返す。

「まだ、嫌がる余裕があるんだ？　こんなになってるのに？　……そうだね。このまま、僕がなかで出したら、孕んじゃうね。こんなに気持ちいいんだから、きっとすぐにでも、できちゃうだろうね」

からかう声で囁かれて、シャーリーは懸命に頭を振った。

「……あ、あぁっ、いやぁ……、や、……やめて……。出しちゃだめぇ……」

ラルフはシャーリーの足を抱えて、左右に開く。掻き出された蜜に濡れそぼった太腿が卑猥に震えていた。

「ああっ、だめだよ。逃がさない……。奥にたっぷり出してあげる」

固く膨れ上がった亀頭の先が、最奥を突き上げると、まるで求めるようにキュウキュウと濡襞が収縮する。グリッグリッと狭い肉筒を抉り、今にも熱を弾かせそうな肉棒を穿たれたまま、シャーリーは喘ぎ混じりの声で懇願する。

「……ラルフ……っ、お、お願い……っ、お願いだから、それだけは許してぇ……っ、弟の赤ちゃん……できちゃ……ぅ……っ」

だが、ラルフは肉棒を引き抜こうとはしない。

「姉さん、ああ。……いいよ。こんなに気持ちいいの、生まれて初めてだ。……奥に、ぜんぶ注いであげる」

そしてついに、ラルフの熱い肉棒の滾《たぎ》りが、激しい奔流とともに膣肉の間で弾ける。

「ひぁ……あ、あ、あぁぁっ！」

それが、ずっと大切にしてきた弟の精を受け入れさせられた瞬間だった。

＊＊　＊＊　＊＊

翌朝目覚めると、シャーリーはなにも身に着けていない姿で、ラルフの腕のなかにいた。

ラルフはぐっすりと眠り込んでいて、起きる気配がない。

昨夜の激しい情交が思い出され、シャーリーは俯いてしまう。

いけないことをしてしまったのに、甘い倦怠感に身体が疼いてしまっている。

シャーリーはブルリと身体を震わせ、その感覚を消そうとした。だが、やはり、熱く乱れるラルフの姿を思い返してしまう。

「だめ……なのに……」

この世の誰よりも触れてはいけない相手だ。すべて夢にして、なかったことにしなければ。そう自分に言い聞かせた。

窓に顔を向けると、カーテンは閉められていなかったらしく、朝陽がひどく眩しく感じた。ナイトガウンを探して慌てて辺りを見渡すが、見つからない。懸命に探していると、ようやく毛布のなかで皺くちゃになってしまっているのを見つけた。

シャーリーはそのナイトガウンを身に纏うと、乱れた髪を手櫛《てぐし》で直す。そして、ラルフの身体を揺らした。

「ラ、……ラルフ、そろそろ起きないと」

弟は、昨日のことをどう思っているのだろうか。

後悔や嫌悪の眼差しを向けられたら……そう思うと逃げ出したくなってしまう。

「今日は休みだよ……。もう少し眠らせて」

だが、ラルフはいつも通りの眠そうな声で答えた。そのことに、ホッと息を吐く。

確かに昨日は学校のない土曜日で、今日は日曜日だ。しかし、今日は礼拝のある日なのだから、出かける準備をしなくてはならない。

しかし、姉弟で姦淫の罪を犯してしまったふたりを、神様は許さないだろう。どんな顔をして教会の扉をくぐればいいのだろうか。

シャーリーが暗い表情で俯いていると、ラルフの腕が伸びてくる。そして、シャーリーを抱き枕のようにして抱え込み、ギュウギュウと抱きしめてくる。

「ラルフ……苦しいっ」

「どうしてそんな暗い顔してるの？　もっと一緒に寝ていようよ」

明るい声音を聞いていると、昨日のことなどすべて忘れてしまったのではないかと疑ってしまう。

「もう起きないと……」

シャーリーが気まずさに顔を背けると、ラルフが頬に手を添えて、覗き込んでくる。

「こっち向いて」

強引に顔を上げさせられて、唇が奪われた。柔らかく触れるだけの口づけだ。

「ふふっ。今日からこれが、僕たちがするおはようのキスだよ。頬じゃなくて、唇にするんだ。これからは毎日、ここにキスするよ」

勝手にそう宣言すると、ラルフは嬉しそうに顔を綻ばせた。そしてシャーリーの胸に顔を埋めてくる。

「もちろん、他のところにキスして欲しいなら、すぐにしてあげる。……ねえ。希望はある？　僕にキスして欲しいところがあるなら言っていいよ」

シャーリーは真っ赤になって、ラルフをポカポカと叩いた。

「知らないっ」

あんなことがあったのに、ラルフは罪の意識を感じていないらしく、いつも通りだ。そのことに驚いてしまいながらも、あんなことをさせてしまったのに嫌われなかったことに安堵した。

ふとそのとき、ラルフのベッドのサイドテーブルに、見慣れない宝石箱が置かれていることに気づいた。白を基調に金彩が施され、全面に葡萄のレリーフがあり、大きなエメラルドの石が嵌められた美しい宝石箱だ。

「……これは……？」

シャーリーが首を傾げて尋ねる。すると、ラルフが楽しげに答えた。

「好きな子からもらった大切なものを、なかに入れてるんだ。見たい？　でも、いくら大好きなシャーリーでも、これは見せてあげられないな。ごめんね」

どうやらとても思い入れのある品が入っているらしい。いったい誰にもらったものなのだろうか。

脳裏に浮かんだのは、ラルフの恋人である清楚で美しいリリアンの姿だ。

宝石箱の中身は、きっと彼女にもらったものに違いない。ラルフは、恋人とシャーリーのことは別だと考えている様子だ。

昨夜のことは、暴漢に嬲られて傷ついている姉の姿を見かねて、慰めるためにしただけ。

シャーリーを愛して抱いたわけではない。

恋人からのプレゼントを大切に宝石箱に保管しているラルフを見ると、そのことを痛感した。先ほどまで穏やかな気分だったのに、すぐにドロドロとした感情が、胸のなかに渦巻いてしまう。

「シャーリー？　どうかした」

だが、そのことをラルフに気づかれたくはなかった。こんな醜い考えを持ってしまっていると知ったら、きっと嫌われてしまう。

「ううん。なんでも……」

無理に笑顔をつくると、ひどく泣きたくなった。

＊＊　＊＊　＊＊

シャーリーは週が明けても、学園に行かず、ベッドのなかに蹲ったまま生活していた。

まだ、どうしても外に行く勇気がなかったからだ。

相変わらず、シャーリーの部屋には窓にも入り口にも内鍵がかかったままになっている。

出入り口はラルフの部屋と通じている扉しかない。そのただひとつの扉も、ラルフが学園に行っている間は、内側からも鍵をかけている。

窓や扉に嵌められた鍵を見ていると、監禁されているような気持ちになって、ひどく心がざわついた。しかし、外の世界は恐ろしい。

彼女を凌辱した暴漢は捕まっていない。ふたたびシャーリーを襲ってくる可能性もある。

あんな目にふたたび遭うぐらいなら、命を落とした方がましだ。

だから、シャーリーはラルフしか自分の部屋に入れない状況を、受け入れることにした。

このことを知っているのは、家令のバーナードだけだ。だが、そのバーナードの様子が、
このところずっとおかしい気がしてならない。

「お嬢様。昼食をご用意させていただきました」

バーナードは、ラルフの部屋とシャーリーの部屋の間にある扉の鍵を開けて、食事を運んできた。ここで、シャーリーが鍵を開けなければ外からは入れない。

同時に、バーナードとラルフがそちらの部屋を開けてくれなければ、シャーリーは外に出られないようになっている。

「ありがとう」

食欲は湧かなかったが、扉の内鍵を開けて、そこでトレーを受け取った。

すると、彼がなにか言いたげな表情で、じっとこちらを見つめていることに気づいた。

「どうかしたの？」

「いえ。紅茶を淹れさせていただきます」

彼は背を向けて、ティーセットをのせたワゴンに向かった。そして流れるような所作でティーセットを使って、紅茶を淹れてくれる。

「どうぞ」

いつもと変わらないようにも見える。だが、紅茶のカップを差し出しながらも、意味ありげな視線をこちらに向けている気がした。

「……っ」

シャーリーは肌が総毛立つような震えを覚えて、落ち着かない気分になる。

「……もう給仕はいらないから……出ていって」

命令するが、バーナードはなかなか立ち去ろうとしない。

「ひとりになりたいの」

少し声を荒立てると、やっと彼は部屋を退出していく。だが、「リネンを交換したい」「お茶のお代わりは」などと、なにかと理由をつけてシャーリーのもとにやって来る。そのたびに、なにかを言いかけては口を噤むことを繰り返していた。

「……」

シャーリーは彼を部屋に入れず、扉のところで彼が運んで来たものを受け取っていたが、昼のお茶の時間が過ぎると、ついには寝たふりをしてしまう。

バーナードの不可思議な行動を見ていると、不安がいっそう湧き上がった。

シャーリーは暴漢に襲われた恐怖を消せずにいる。ラルフ以外の男性に、不用意に近づく気にはなれなかった。お願いだから、こちらを見ないで欲しい。

話しかけないで欲しい。自分のことは、放っておいて欲しかった。

震えながら部屋を見渡す。すべての窓や扉に鍵が厳重にかけられている。だが、反対に言えば、暴漢が入り込んだ場合、ラルフの部屋を通るしか、他に逃げ場はないということになる。

今頃、その事実に気づいたシャーリーは、震えあがってしまう。

脳裏に浮かぶのは、すべてを見透かすような意味ありげな家令の視線だ。幼い頃から知っている相手なのに、あの瞳を見ていると、不安に駆られてしまうのだ。

もう陽が陰り始めている。そろそろラルフが戻ってくる時刻だ。早く、帰ってきて欲しい。時計を眺めながら待ちわびていたそのとき――。

ラルフの部屋へと続く扉がノックされる。ローレル・カレッジから戻ったのだろうか？

思わず扉の方に駆けて行くと、向こう側から声が聞こえた。

「お嬢様。……大切なお話があるのです……」

現れたのは家令のバーナードだった。その声から、彼が思いつめた様子であることが伝わってくる。

「……ごめんなさい。……今は誰とも話したくないの」

シャーリーはバーナードを部屋に入れることはできなかった。

第五章　宝石箱に隠された真実

ラルフがローレル・カレッジから帰ってきたのは、いつもよりも少し遅い時間だった。

シャーリーは、部屋に迎えに来てくれたラルフとともに応接間に呼ばれ、そちらに急ぐ。

彼が邸のなかにいるだけで、まるで太陽の眩しい光が差し込んできたかのように場が華やぐ。そして、ラルフが傍にいるだけで、自分の部屋から出ることも、恐ろしくは感じなかった。

応接間では家令のバーナードが紅茶を淹れてくれていた。シャーリーはふと、バーナードがなにか話があると言っていたことを思い出す。

「さっき言っていた話って、ここで聞いてもいい？」

だが、バーナードは小首を傾げてみせる。

「お話ですか？　いえ、私はなにも覚えがありませんが。失礼ですが、お嬢様はなにか夢でも見られたのではないでしょうか」

バーナードは確かに夕方、シャーリーに話があるとラルフの部屋に続いている扉をノックしたはずだ。どうして知らないふりをするのだろうか。

困惑したシャーリーが黙り込む。すると、ラルフがふたりの間に割って入ってきた。

「なにかあったの？　ふたりだけでこそこそしないで、僕にも話してよ」

ラルフは甘えた口調でそう言うと、シャーリーの腰にギュッとしがみついてくる。

「いいえ。うたた寝されていたお嬢様が、夢をご覧になったようです」

きっぱりと断言されては、これ以上は追及できなかった。

「へえ。シャーリーって、どんな夢見てるの？　ぜんぶ教えて欲しいな。僕はねえ、やっぱりおいしい肉を食べている夢を見るかな」

無邪気に話すラルフに笑い返しながら、シャーリーは壁際に控えるバーナードを窺う。

彼はいつも通り控えめな態度だ。嘘を吐いているようには見えない。だが、バーナードが、シャーリーの部屋へとやって来て話があると言っていたのは確かだった。

＊＊　＊＊　＊＊

翌日、シャーリーは様子のおかしいバーナードのいる邸には残りたくなくて、久しぶりに学園に向かうことにした。

シャーリーが暴漢に純潔を穢されたことを知っているのは、学園ではラルフだけだ。誰も、あのことを知っている者はいない。懸命に自分に言い聞かせるが、他の生徒たちの視線が気にかかって、息が詰まりそうになる。

どうしても神経が過敏になり、人の話し声に無意識に聞き耳を立ててしまう。楽しげな笑い声を聞くと、苦しさはいっそう強くなった。顔も解らない暴漢に襲われた自分のことを、他の生徒たち全員が知っていて、憐れんだり嘲笑ったりしているかのような錯覚に陥るのだ。

「やっぱり私……」

帰ろうか、とも思うが、邸にいるバーナードの様子がおかしいことを思い出すと、それ以上はなにも言えなかった。ラルフの傍がいい。ここが一番、安全だ。

懸命にそう言い聞かせるが、シャーリーの身体は次第にカタカタと震え、顔が青ざめてくる。そんなシャーリーを心配して、ラルフはずっと寄り添ってくれている。登校してすぐ、ラルフはいつも通り他の女生徒たちに囲まれた。だが、今日は、それさえも退けたぐらいだ。気遣われることは嬉しかったが、申し訳なくもあった。迷惑をかけたくて登校したわけではないからだ。

ラルフとともに、ようやくシャーリーは教室に辿り着いた。

「すごいよな。あの転校生。国際的な有名音楽学校に留学だってさ」

教室内で話している生徒の言葉に、思わずシャーリーは振り返る。

ローレル・カレッジで新学期が始まってから転校してきたのは、シャーリーの恋人になっていたロニーだけだ。しかし週末にデートしたはずなのに、そんな話は聞いていない。

シャーリーは呆然とした。ロニーはデートを終えるときに、ホッとした様子だった気がする。きっと、わざわざ教えるだけの価値がある相手ではないと判断されたということなのだろう。確かに、あのままロニーと無理をして付き合っていたとしても、長く続かなかっただろうことは目に見えている。

お互い深い傷を負う前に、自然と別れられたのだと、喜んだ方がいいだろう。彼も同じことを考えているのかもしれない。

「シャーリー。その話を、もしかして聞かされてなかった？」

ラルフは困惑した様子で尋ねてくる。

「え、ええ。……でも、もういいの」

実は別れようとしていた……なんて、不誠実な話は言い出せない。シャーリーは疾しい気持ちから俯いてしまう。

「そんないい加減な男、別れてよかったんだよ。シャーリーはなにも傷つくことない。これでよかったんだ」

ラルフは慰めの言葉を告げながら、シャーリーの頭を撫でてくれる。

「うん……」

ロニーの転校には驚かされたが、他はなんの変哲もない一日となった。

そしてようやく無事に昼休みを迎えたとき、クラスメイトのひとりがラルフに伝言を携えてくる。

「ラルフ、ちょっと教員室に来てくれって、先生から伝言だぞ」

「ああ、解った」

こちらに向き直ると、ラルフは申し訳なさそうな表情で詫びた。

「ごめん……すぐに戻るから、姉さんはここで待ってて」

シャーリーは平気だと答えて、笑顔を返した。しかし頼りにしていた弟がいなくなると、急に不安に苛まれる。

「……」

ここは教室だ。暴漢など現れない。

ラルフはすぐに戻る。そう自分に言い聞かせ、シャーリーは俯く。そのまま落ち着かない気分で席に座っていると、ザワザワと教室が騒がしくなった。

シャーリーが顔を上げて入り口の方向を振り返ると、金髪碧眼の美少女がこちらに近づいてくるのが見える。ラルフの恋人であるリリアン・ランドールだった。

「ごきげんよう」

誰しもが見惚れてしまうような笑みを向けられ、シャーリーは恐縮してしまう。

「……こんにちは」

もしかして、ラルフになにか用だったのだろうか。

「ラルフは今、教員室に……」

そう説明しようとする。だが、その言葉を遮り、リリアンが話しかけてくる。

「今日はラルフのお姉様にご挨拶がしたかっただけですから。……私、ラルフと結婚を前提にお付き合いさせていただいていますの。彼と私は家柄も充分釣り合いますし、とても気が合うのです。まあ似合いであることは、言わなくても解るかと思いますけど」

リリアンは、どれほどラルフと自分が愛し合った恋人なのかということを延々と話し続ける。祝福すべきことなのに、シャーリーは暗い気持ちに囚われてしまって、彼女の話をほとんど聞くことができなかった。

「聞いていらっしゃいますか？」

リリアンも心ここに非ずといった様子のシャーリーを怪訝そうに見つめてくる。

「ですから、いつまでもお姉様のことでラルフの手を煩わせるのは、どうかとご自分でも思われませんか……と、私はお尋ねしたいのです」

確かにその通りだった。返す言葉もない。シャーリーが黙り込んでいると、リリアンは続けて言った。

「今日の放課後、ラルフをうちの邸に招待するつもりですの。ですから、お姉様はご心配なさらないで、先にお帰りになってください」

ラルフは放課後になるといつもシャーリーと一緒に帰っているし、休日もひとりで外に出かけようとしない。

恋人であるリリアンは、きっと淋しい想いをしてきたのだろう。

「わかったわ」

シャーリーは頷くと、ひとりで教室を出た。リリアンは、そのまま教室のなかでラルフが教員室から戻ってくるのを待つつもりでいるらしい。

昼食の入ったバスケットは席に置いたままにしておいた。そうすれば、ラルフがちゃんと食事できると考えたからだ。

シャーリーは歩きながら、ラルフのことを考えた。

気がつけば、シャーリーはラルフの生活の邪魔ばかりしている。挙句に、自分の辛い境遇を利用して、彼の身体を穢すような真似をしてしまった。

ラルフの熱や匂い、そして指や舌の感触が、生々しく思い出される。触れてはいけない相手なのに、ベッドに忍び込んで慰めを求めるままに、身体を重ねてしまった。

姉として最低の行為だ。

ラルフを幸せにするためにも、自分は身を引かなければならない。

解っているのに、身を切り裂かれるほど、心が痛かった。

シャーリーは目の前が真っ暗になって、倒れ込みそうになってしまう。

「おい。大丈夫か」

クラスメイトであるクレイブが駆け寄ってくる。

「だ、大丈夫だから……」

今はラルフ以外の男性に触れられたくなかった。しかもクレイブはシャーリーがなんど拒絶しても、執拗に関係を迫ろうとしていた男だ。シャーリーは彼を遠ざけようとした。

しかしクレイブは強引にシャーリーを抱き上げ、どこかに運んでいく。

「いやっ、……クレイブ、放してっ」

シャーリーは恐ろしさのあまり、悲痛な声を上げる。そして、ジタバタともがいた。

だが、力強いクレイブの腕からは逃れられない。

そのことが、暴漢に襲われた日のことを彷彿させて、いっそうシャーリーは混乱に陥ってしまう。

「いやぁ……っ！　は、放してっ」

声を上げれば上げるほど、クレイブは怒りを募らせている様子だった。そのまま救護室に連れて行かれたシャーリーは、固いパイプベッドの上に放り出される。

「それほどまでに、私を拒絶したいのか」

唸るような声で尋ねられ、シャーリーはブルブルと顔を横に振る。そして自分の身を守るように、胸の前で手を強く重ねた。

そっと頬を指で辿られ、シャーリーはビクリと顔を背ける。

青ざめた唇を震わせ、瞳を潤ませながら彼を窺うと、クレイブが言った。

「その顔は、快感を知った顔だ。……私以外の男と寝たな？　誰だ、言ってみろっ！」

怯えきった反応のなかから、シャーリーの変化を敏感に察知したクレイブが、激昂した様子で怒鳴りつけてくる。

「……あなたには関係ないわ……」

まさか暴漢に襲われて純潔を穢し、挙句に、実の弟と関係を結んでしまったなんて、赤の他人であるクレイブに言えるわけがなかった。

「お前は私のものだっ。そんなことは言わせない」

シャーリーを無理やりベッドに押し倒したクレイブは、ドレスのスカートをたくし上げて、身体を弄ってくる。

「……この身体に、教え込んでやるっ」

唸り声を上げて、襲いかかってくるクレイブを前に、シャーリーは呼吸がとまってしまいそうだった。

脳裏を過ったのは、目を覆われて無理やり凌辱された恐ろしい記憶だ。

「い……いぁ……」

驚愕に顔を歪ませながらも、シャーリーは助けを呼ぼうとした。

だが、恐怖のあまり喉の奥で声が潰れてしまう。このままでは望まぬ相手に、ふたたび身体が穢されることになる。シャーリーは、無我夢中で懸命に声を上げた。

「……いや……っ、もういや……ぁっ！　ラルフ……、ラルフ助けて……っ！」

すると、救護室の扉が開け放され、ラルフが室内に飛び込んでくる。

「姉さんになにをするんだっ」

ラルフはクレイブをベッドの上から引き剝がすと、彼の頬を力強く殴りつけた。体格はクレイブの方が立派だというのに、やり返そうとする彼の拳を軽くかわし、力強くクレイブを打ちのめしていく。

「……殺してやるっ。お前なんかに、姉さんを傷つけさせるものかっ」

一方的に殴りつけるような状況になってしまっていた。普段は愛らしいラルフとは思えないほど、荒々しい口調だった。

クレイブが力なく床の上に膝を折った頃、数人の教師たちが駆け込んできて、クレイブとラルフを引き離した。

＊＊　＊＊　＊＊

襲われそうになったというシャーリーの話を聞いた教師たちは、学園内で事件を起こしたクレイブを連れて救護室を出ていった。彼はしばらくの間は懲罰室に入ることになるらしい。

「大丈夫？」

震えるシャーリーを覗き込みながら、ラルフが尋ねてくる。

「……きっとあいつは、姉さんが他の男と付き合っていたのが、気に入らなかったんだ。ふたりがデートをしている様子も、どこかで見ていたのかもしれないね」

その言葉に、もしかしたらクレイブが、シャーリーの目を塞いで凌辱した犯人なのではないかという疑惑が生まれてしまう。

脳裏を過るのは、殺意すら感じるほどのクレイブの強い眼差しだ。あんなに恐ろしい顔で見つめてくる男を、シャーリーは他に知らなかった。

「……っ」

込み上げる戦慄に、ブルリと身体が震える。

「……姉さん……」

怯えたシャーリーの背中にラルフの手が回される。すると、彼の身体も、小刻みに震えていることに気づいた。

「無事でよかった」

あれだけ鍛えられた男に歯向かっていったのだ。きっとラルフも恐ろしかったに違いない。それなのに、ラルフはシャーリーを助けるために、無理をしてくれたのだ。

「うん。……ラルフ……、助けてくれて、ありがとう」

こうして抱き合っていると、ラルフの心臓の音が伝わってくる。それに混じり合う懐中時計の秒針の音も。

シャーリーは次第に、落ち着きを取り戻すことができた。

「ラルフ……。心配しないで……、もう大丈夫だから……」

しばらく抱き合った後、シャーリーはラルフの胸を押して彼の身体を離した。

「姉さん？」

いったいどうしたのかと、ラルフは不思議そうに首を傾げている。

「さっき教室にあなたの恋人が来ていたの。……もっとラルフと一緒の時間を大切にしたいって、淋しそうにしていたわ」

ラルフには大切な人がいる。これ以上、自分のことでふたりの仲を邪魔したくなかった。

もう二度とラルフには触れるつもりはない。

実の姉弟であるのに、ラルフと関係を結んでしまったことは、生涯胸にしまっておくつもりだ。だからラルフも、今後は姉のことで気を病むのは、おしまいにして欲しいと告げようとした。

——しかし。

「いいんだ。リリアンとはもう別れる。僕は姉さんさえいればいい」

ラルフが信じられない言葉を告げてくる。

恋人と幸せに過ごしていた弟を穢し、そのうえ別れさせるなんて、できるわけがなかった。どれだけ苦しくても、この想いは消し去らなければならない。永遠に。

「だめよ……。私たちは……姉弟なんだから、……関係を結んでしまったことも、もう忘れましょう」

シャーリーは目を逸らしながらも、ラルフに言い聞かせようとした。

「いやだっ。僕は姉さんが好きだ。……姉さんじゃないと、嫌だ」

悲痛な表情で、ラルフが訴えてくる。

「ラルフッ」

パイプベッドの上に押し倒されたシャーリーは、目を瞠った。

見上げると、そこには苦しげな表情のラルフがいて、シャーリーは見ていられず、顔を背けた。

「好きなんだ。ずっと姉さんのことが好きだった。……忘れようとして、リリアンと付き合うことにした。……でもだめだった。他の子じゃだめなんだ。……お願いだから、僕を拒まないで……」

切実な表情でラルフが訴えてくる。もしかして、ラルフもずっとシャーリーと同じ気持ちを抱いていたというのだろうか。

「……でも……、いけないことなのに……」

そう言ってラルフを拒もうとした。だが、自分も弟への想いを断ち切るために他の男性と付き合おうとして、結局は愛せなかったのだ。

「……僕たちは、世界でたったふたりだけの家族だよね。お願いだから、姉さんのことを好きになってしまった僕を嫌わないで、……お願いだから見捨てないで、ずっと傍にいてよ」

捨てられそうになった子犬のように、ギュッと抱きついてくるラルフの姿に、シャーリーは胸がいっぱいになってしまう。

ラルフをひとりで苦しめることなんて、できない。

誰よりも愛おしい弟だ。たったひとりしかいない家族なのだ。

「ラルフ……」

シャーリーが優しくラルフの身体を抱きしめる。すると、甘く唇が塞がれた。

「姉さん。……姉さん、好きだよ。ずっと僕だけのものでいて。愛しているんだ」

狂おしいほどの告白を前に、シャーリーは彼を拒むことができなかった。

＊＊　＊＊　＊＊

あれから、シャーリーは秘密の恋をしていた。

相手はラルフ。実の弟だ。ラルフはどれだけ咎めても、毎夜シャーリーのベッドに忍び込み、甘く淫らに身体を重ねてくる。

「シャーリー。愛してる。……お願い。僕を拒まないでよ」

艶めかしく口づけられ、舌を絡められるだけで、シャーリーはいつも抵抗する力をなくしてしまっていた。

「だめよ、こんな……。ラルフったら、もう」

拒む言葉を告げながらも、結局は淫らな行為を続けてしまっている。ずっと彼だけを思って生きていた。麗しい顔を近づけられ、切ない瞳で求められては、拒みきれるわけがなかった。

こんなことを続けてはいけない。解っているのに、とめることができない。

ふたりの両親もすでに亡くなり、他に咎める者がいないことが、淫らな行為に拍車をかけているのかもしれない。

だが、そんな甘い日々のなかで、シャーリーには心配があった。

ラルフのベッドのサイドテーブルに置かれた宝石箱のことだ。

『好きな子からもらった大切なものを、なかに入れてるんだ。見たい？　でも、いくら大好きなシャーリーでも、これは見せてあげられないな。ごめんね』

ラルフの言葉や、愛しげな表情が思い出される。リリアンのことは、もう気にしなくていいと言っていた。だが、宝石箱のことがシャーリーは気にかかってしょうがなかった。

確か同じものを母の部屋で見つけたことがある。たぶんラルフが形見として大切にとってあるものだ。

その宝石箱に入れているということは、かけがえのないものなのだろう。

まだラルフは、恋人だったリリアンのことを忘れていないのではないだろうか。

そう思えてならない。

シャーリーが部屋のなかで鬱々とした気持ちでいると、ふいに、ラルフの部屋へと続く扉がノックされる。家令のバーナードだ。

シャーリーの部屋はいまだ内鍵がかけられていて、袋小路になっている状態だ。

まだラルフ以外の誰かを、招き入れる気にはなれない。

「なに？　今は忙しいの……後にして」

だから素っ気ない返答でバーナードを下がらせようとした。だが、彼は思いつめた声で続けた。

「……そのままで私の話をお聞きください……。私たちは見たのです。……あの日、お嬢様があの方に襲われる姿を……」

バーナードがなんのことを言っているのか理解できずに、シャーリーは首を傾げた。

「あの方?」

誰のことだろう。

「いったいなんの話なの」

尋ね返したときに、ハッと気がつく。シャーリーが襲われる姿と聞こえた。

もしかして、あの凌辱事件があったとき、見ていたということなのだろうか。

「……バーナード。どういうことなの」

シャーリーはガタガタと震えながら、バーナードに尋ねる。もしかしたら、この扉を開けさせるための嘘かもしれない。そう考えて、扉を閉めたまま、逸る気持ちを抑えて、彼に話の続きを促した。

「この邸の使用人たちは皆、知っていることです。お嬢様が中庭の芝生の上で、目を塞がれ手を縛られた状態で、無理やり身体を押し開かれたことは」

恐ろしい記憶が蘇る。薔薇が咲き乱れているような噎《む》せ返るほどの香りがした。手に触れていた芝生。あれが、この邸の中庭で行われたというのだろうか。

「ど、……どうして……、誰も……、助けてくれなかったの……」

シャーリーはどんな場所で、自分が暴漢に凌辱されたかを、ラルフにすら話してはいなかった。だから、バーナードの話は疑いようもない真実だとしか考えられない。

「……あなたを襲った犯人が、旦那様だったからです……」

シャーリーは耳を疑った。そして、バーナードが自分の知らない人物の話をしているのだと思いたかった。しかし、父が亡くなった後、バーナードが『旦那様』と呼ぶ人物が、ラルフしかいないことは変えられない事実だ。

「ど、……どうして、ラルフがそんなことを……」

ザッと血の気が引いていく。

嘘だ。ラルフがそんなことをするはずがない。彼は誰よりも、シャーリーを大切にしてくれている、たったひとりのかけがえのない弟だというのに。

「邸の皆は、黙って見ていたというの？」

人間は心を切り裂かれたとき、涙がでないものなのだと、生まれて初めて知った。

頭のなかが真っ白になる。そして、掠れた笑いが込み上げる。

嘘だ。

そんな馬鹿なことがあっていいのだろうか。シャーリーは声の限り叫んでいたはずだ。助けて欲しいと――。なんども、なんども。

幼い頃からここで働いている者たちが、保身のためだけに、見捨てるような真似をしたとは思えなかった。

「それは……」

バーナードは悲痛な声で続けた。

シャーリーとラルフがいつも一緒に眠っていることは邸中の人間が知っている。だから、使用人たちは、そういったプレイを愉しんでいるのだと最初は信じていたらしい。

だが、本気で泣き叫ぶシャーリーの声に、尋常ではない様子を感じ取ったらしい。歯向かおうにもラルフは、雇い主だ。どうしていいか解らず、見て見ぬふりをしたのだという。

バーナードの声は真剣そのものだ。嘘を吐いているようには聞こえない。それでもシャーリーは耳を疑った。信じたくなかった。誰も知らない辻褄まであっている。

きっとこれは間違いのない事実なのだろう。

シャーリーとラルフは双子で、仲の良い姉弟だ。一緒に眠っていたのだって、男女の関係があったわけではないことを皆は知らなかったというのだろうか。

真っ青になって放心していると、バーナードは扉の向こうから続けて言った。

「メイドたちは毎日、体液に汚れたリネン類を洗っていましたから……」

気まずそうに告げられる言葉に困惑した。

どうして、ベッドに敷かれたリネンが、体液に汚れるというのだろう。

「なんのことを言っているの？」

シャーリーには意味が解らない。首を傾げていると、バーナードも意外そうな声で驚いている様子だった。

「記憶にないのですか？　それなら睡眠薬でも飲まされて、知らない間に淫らな行為をされていたのかもしれませんね」

その言葉に、やっと『体液に汚れたリネン類』という言葉の意味を理解した。そして、目の前が真っ暗になる。

頭を過ったのは、ラルフから毎晩手渡されていたホットミルクだ。あのなかに、睡眠薬が入れられていたというのだろうか。

そして、自分が毎夜繰り返し淫らな夢を見ていたことが思い出される。

相手はいつも実の弟であるラルフで、なんて自分は淫らな存在なのだろうかと、思い悩み息をとめてしまいたかった。

だが、それが現実に起きていたことで、淫らな感覚に引きずられ夢を見ていた可能性があるというのだ――。

「……ごめんなさい。バーナード。……しばらく、ひとりにして欲しいの……」

震える声で扉の向こうにいるバーナードに告げると、彼は気遣うような声で言った。

「すぐにお茶をお持ちいたします」

バーナードが去って行くと、シャーリーはおぼつかない足取りで扉に近づく。

内鍵を開くと、扉が開いた。どうやらバーナードはすぐに戻るつもりで、外からの鍵を開けたままにしていたらしい。

「ラルフが……、私に……あんなことを？」

シャーリーはフラフラと、部屋を出る。

嘘だと思いたかった。

優しいラルフが、シャーリーにそんなことをするはずがない。バーナードは嘘を吐いているのだ。だが、もしもそれが、本当だったとしたら？

放心したままラルフの部屋のなかを見つめる。するとベッドサイドにある宝石箱が目に入る。なかには、好きな相手にもらった大切なものが入っていると聞いていた。

「……」

その箱の存在がひどく気にかかる。もしかしたら、なにかラルフのことが解るかもしれない。そう思うと、蓋を開かずにはいられなかった。

「ぜんぶ、嘘よ……ね？」

転びそうになりながら、その宝石箱に近づく。

ラルフの想いの真実が、そこにすべて詰まっているような気がしてならなかった。

すべてバーナードの作り話だ。シャーリーをからかうために、騙そうとしているだけに違いない。そう思いながら、宝石箱の蓋を開く——。

「……っ」

シャーリーは、宝石箱を見つめながら、息を飲んだ。

なかには、睡眠薬の入った小瓶と、錆《さび》のような血臭のする黒いなにかがこびりついたハンカチが収められていたからだ。

これが、ラルフが好きな人にもらった大切なもの。

「……ハンカチ？」

これがいったいなんなのか、シャーリーには理解できなかった。しかし、ふと記憶が蘇る。

そういえば、シャーリーを凌辱した犯人が破瓜の寸前に、なにかをお尻の下に敷いていた気がする。

　ゾッと血の気が引いた。

「……嘘……っ……」

　シャーリーは狼狽のあまり、宝石箱を床に取り落としてしまった。

違う。犯人はラルフではない。そう信じたかった。

──だが、本当は気づいていた。知らないふりをしただけだ。

　ラルフのいる場所にはいつも、懐中時計の秒針の音が響いているのだから。

　暴漢に目を塞がれ、神経を張りつめていたあのときにも、微かにその音が耳に届いていたのに。

「あーあ。……見ちゃったんだ？　絶対にだめだって言っておいたのに、勝手なことするなんて、ひどいな」

　背後から、拗ねた声で話しかけられ、シャーリーは弾かれたように振り返る。

　笑顔を向けてくるラルフを前にすると、ガクガクと身体が震えてしまう。

「もう気づいているだろうけど、犯人は僕だったんだ。シャーリー、無理やりひどいことして、ごめんね。……だって、大好きな姉さんを、誰にも渡したくなかったんだから、仕方ないよね」

シャーリーがロニーという恋人をつくって、一番心穏やかではなかったのは、クレイブではなく、ラルフだったということ。少し考えれば、解ることだったのに。

シャーリーは愕然としたまま、言葉を発することができずにいた。

「ごめんってば。怒らないでよ」

一歩ずつ、ラルフがこちらに近づいてくる。

底知れぬ恐ろしさを感じて、シャーリーは後ずさってしまう。

「どうして逃げるの？　姉さんは僕のこと好きって言ってくれたよね、ずっと傍にいてって、言ったはずだよね」

確かに、ラルフに禁断の想いを寄せてしまったのは、事実だ。

誰よりも傍にいたくて、ずっと傍にいて欲しくて。

いけないと解っていても、彼を好きだという想いがとめられなかった。しかし、無理やり身体を押し開かれた恐怖が頭を過ると、恐ろしさにガタガタと身体が震えだした。

お願いだから、こちらにこないで欲しかった。

少しだけの時間でいい。ひとりになって、頭のなかを整理したかった。

「……こ……な、……い…………で……」

無理やり声を振り絞る。しかし、言葉にならない。

口のなかでくぐもって、ラルフに伝えられるだけの声量にはならなかった。

微かに首を横に振って、後ずさる。だが、シャーリーが逃げるよりも速く、ラルフが近づいてきた。

「大好きだよ。……ねえ。こっちにおいでよ。キスしてあげる」

甘く蕩けそうな声が囁いてくる。

その無邪気さが、ひどく恐ろしかった。

シャーリーはブルブルと頭を横に振りながら、さらに後ろへ後ずさる。だが、ついに壁際に追い詰められてしまった。

これ以上は、どこにも逃げられない。そう思うと、身体がとっさに動いた。

「いやぁっ」

体当たりするようにしてラルフを突き飛ばした。そして彼の部屋の扉を開いて廊下に飛び出すと、階段の方へと駆け出して行く。

頭のなかが、グチャグチャと掻き回されているかのような激しい眩暈を覚える。なにもかも、ドロドロに蕩けてしまったかのように、今はなにも考えられなかった。

少しだけ。

ほんの少しだけでいいから、誰もいない場所でひとりになって考えたかった。しかし、後ろからラルフが追って来る。あの速度ではすぐに追いつかれてしまうだろう。

どこかに隠れなければ、ラルフに見つからないどこかへ。

そう思いながら階段を下りかけた瞬間——。

シャーリーの足がもつれて、階段の上から、真っ逆さまに落ちそうになった。

倒れ込む寸前、ラルフがシャーリーの身体を抱きしめてくる。そうしてシャーリーは、彼に庇われる格好で、階段の上から転げ落ちていったのだった。

エピローグ　世界で一番幸せな花嫁

シャーリーの夫であるラルフ・ブライトウェルは、神々しさを感じるほど美しい顔つきに似合わず、淫蕩に耽るのが好きな男だ。

「……ん、……んぅ……っ」

今日もラルフは昼食の後、シャーリーを書斎に呼んで、チョコレートを口移しで食べさせてくれた。だがそれだけでは済まず、彼はソファーにシャーリーを座らせ、そこで自慰を強要してきた。蕩けるように甘いチョコレートは、自慰がうまくできたときのご褒美の先渡しだったらしい。

「本当にするの？」

「見せて。それぐらい、いいよね」

ラルフを深く愛しているシャーリーには拒否権がないも同然だ。いくらシャーリーが「恥ずかしい」と訴えても、気がつくといつも言いなりになってしまっていた。

「……ん……、解った……」

シャーリーは頬を真っ赤に染めて唇を噛み、ドロワーズを脱ぎ捨てる。そして、躊躇いがちに陰部に手を伸ばし、感じる場所を指で辿っていく。

「自分で、触るなんて……。……ん、……は……ぁ……っ、んぅ……っ」

「気持ちいいこと好きだよね？　ほら、頑張って。僕もちゃんと仕事を頑張ってるから」

こんなにも恥ずかしい思いを堪えて、淫らな行為をさせられている。それなのに、ラルフ自身は、執務に勤しんでいるという信じられない状況だ。

「……く……んん、……ふぁ……っ、んんぅ……」

「胸も揉んでみて」

下肢だけではなく、胸の膨らみまで触れと告げてくるラルフを、シャーリーは泣きそうになりながら見つめた。

「嫌……なんだ？」

悲しげに呟かれては、拒絶できない。シャーリーは仕方なく胸に手を伸ばしてドレスの上から胸の膨らみを揉み始めた。だが、コルセット越しに触れても、よく感覚が解らない。

「物足りなさそうだね。……邪魔なドレスなんて、脱ぎなよ」

「……っ」

唇を噛んで躊躇していると、ラルフはもう一度繰り返して言った。

「脱いで？」

シャーリーはドレスのホックを外すと、泣きそうな顔で、コルセットの紐を解いた。

露わになっていく乳房を自分の掌で隠して、柔らかく揉みしだき始める。

「……ふ……、ん、んぅ……」

濡れた瞳を切なく細めながら、シャーリーが身体を揺らすと、ラルフが満足げに頷く。

「そう、その調子。でも、反対の手がお留守になってるよ。そっちもちゃんと指を動かさなきゃだめだよ」

言われるままに、熱く濡れ始めた秘裂へと懸命に指を這わせる。

静かな書斎には、彼がペンを走らせる音と、シャーリーの乱れた呼吸音だけが響いていた。そこに、次第に淫らな粘着質の水音が混ざり始める。

耳を塞ぎたくて堪らない。だが、自慰の手をとめれば、後でさらなる辱めを受けることになるだろう。

「……柔らかくて気持ちいいと思わない？　僕も早く仕事を終わらせて、シャーリーに触りたいな」

感じる場所を指で辿るたび、ビクビクと身体が跳ねてしまって喘ぎを漏らしそうになる。だが淫らな行為に身悶えて、ラルフの執務の邪魔はできない。

「……く……っ、んぅ……」

シャーリーは声を無理やり押し殺した。すると、身体のなかに行き場をなくした熱や情欲が渦巻いて、いっそう高ぶり続ける。淫らな連鎖はとまらない。

「ふ……はぁ……、ん……っ、く……ンンッ」

息が苦しくて、身体中が熱くて、頭のなかが沸騰したかのように、シャーリーはなにも考えられなくなってしまっていた。

「足を自分で抱えて、こっちにお尻向けてくれないと。それじゃあ、いやらしい孔が、僕に見えないよ」

これ以上は辛い。体勢を変えるどころか、続けることすら困難なほど劣情に溺れてしまっていた。シャーリーは潤む瞳で、もう無理だと訴える。だが、ラルフはクスリと笑うことで「続けて」と暗に命令してくるだけだ。

「……ぅ……ンンッ」

トロリとした蜜が女淫の狭間から溢れだしていっそう身体が疼く。指ではなく、もっと熱く太い楔に貫かれたい衝動を懸命に堪える。

「指でなか、開いてみせてよ」

その言葉を聞いたシャーリーは、指で媚肉を左右に押し開くと、赤く疼いた陰唇を、ラルフの前に晒した。

「……指、挿れてみて」

ヌチリと指を押し込む。甘い痺れが身体を走り、シャーリーは息を飲む。

「もう一本挿れて」

言われるままに指を押し込んだ。切なく疼いた襞が、きゅんと収縮する。

「……なかも開いてみせて」

ラルフの命令する声が、ひどく淫靡な色を宿して耳に届いた。

「んぅ……っ」

シャーリーは、そっと柔らかく濡れた膣肉を開いてみせる。

「おいしそう。……今すぐ抱きたくなるな」

そんな風に言うなら、早くなかに挿れて欲しかった。

――ラルフが欲しい。

抱いてくれなくてもいい。せめて、彼の体温に包まれて、感じる場所を触って欲しかった。自分の指では、身体が反応してもひどく心が虚しく、乾いていく気がする。

「はぁ……っ、はぁ……」

「ねえ。もっと指でなか掻き回してみて」

渇望と欲情の間で心が軋んでいく。シャーリーは震えながらも、ラルフに命じられるままに、自身で膝裏を抱えて、クチュクチュと秘部を擦り立てていった。

ジンジンと疼いた肉芽が快感を走らせ、甲高い声を上げそうになってしまう。

気持ちよくて堪らない。けれど、物足りなくて、もっと欲しいとばかりに貪欲に疼く。

「はぁ……、んん、ンン……」

焦れた身体にブルリと胴震いが走る。卑猥な喘ぎを部屋に響かせていては、ラルフの仕事の邪魔になるに違いなかった。

「……んぅ……、く……っ」

シャーリーは激しい疼きを必死に押し殺す。だが、いっそう神経が過敏になってしまって、ビクビクと身体が跳ねるのをとめられない。

「ん、んんぅ……っ」

熱い頬の火照りに、瞳が潤んでいく。そうして、切なく顔を歪ませながら、シャーリーが声を押し殺していると、ラルフに甘い声音で名前を呼ばれる。

「さっき始めたばかりなのに、もう我慢できないの？　しょうがないな。……こっちにおいでよ」

「でも……」

執務の邪魔はしたくなかった。ラルフは若いながらも、公爵の地位にあり、広大な領地を持っている。いくつかの事業も亡き父から受け継いでいて、とても忙しい生活を送っていた。それが解っているのに、邪魔などできない。

「シャーリーに満足してもらった方が、僕も仕事に没頭できるからいいんだよ。いいから、ここに来て」

誘われるままに、執務机の横に近づくと、柔らかな絨毯《じゅうたん》を指し示し、ラルフが続けた。

「しゃがんで」

シャーリーは困惑しながらも、彼の隣に膝を折る。まるで飼い犬にでもなったような気分だった。すると、執務机に向かっていたラルフが、椅子に座ったまま、こちらに身体を向けてくる。

「いい子だね。じゃあ、舐めてよ」

「……え？」

やっと熱く震える身体を満たしてもらえるのだと信じていたシャーリーは、潤んだ瞳でじっとラルフを見つめた。

「やり方は前にも教えてあげたよね」

無邪気に微笑まれ、まだ与えてはもらえないのだと思い知る。

「く……口で……すればいいの？」

シャーリーは震える声で尋ねた。

「そうだよ。唇に咥えて、舌で丁寧に舐めるんだ」

「……っ」

以前に教えられた淫らな行為を思い返すと、呼吸がとまってしまいそうになった。苦しくて、熱くて、生々しくて、そして、……高ぶる。忘れられない感触だった。

「……ラルフ……」

シャーリーが瞳を潤ませながら、熱っぽく名前を呼ぶ。すると、革張りの椅子に深く腰かけた彼は、楽しげにこちらを見つめてくる。

「……見ないで……」

今からしようとする行為を、お願いだから見ないで欲しかった。男の性器を口に咥え込み、舌や口腔で奉仕する姿なんて、美しいとは思えない。

「どうして？　シャーリーが僕のペニスを口いっぱいに頬張っている姿って、とってもかわいいよ？」

卑猥な言葉を投げかけられて、恥ずかしさのあまり心臓が壊れそうに高鳴る。

「……もうっ」

ラルフの顔を背けさせるのは、無理そうだった。それに彼は一度言い出すと決して意思を曲げようとしない。普段はとても優しいのに、抗うようなら、もっと恥ずかしい真似すら強要するいじわるな面を持ち合わせている。見られることは、堪えるしかなさそうだった。

シャーリーは震える指で彼のトラウザーズを寛がせた。そして、太く長い肉棒を引きずり出す。萎えた陰茎を前にしただけで、固く隆起した状態が思い出され、身体が震える。

この肉棒が脈動してそそり勃つと、得も言われぬ芳香を放ち、シャーリーを翻弄してくるのだ。

早く、欲しい。

激しい衝動を抑えて、シャーリーは柔らかな唇をそっと押し当てる。熱い吐息を吹きかけ、チュッと包皮を吸い上げた。

「……ん……っ」

シャーリーは最初に口に含む瞬間にいまだに躊躇してしまう。ラルフの話では、なんども繰り返している行為のはずなのだが……。きっと記憶を失っているせいなのだろう。

「やっぱり思い出せない？　シャーリーはこれをしゃぶるのが大好きだったのに。でも、なんども繰り返していれば、きっと記憶が戻るきっかけになるんじゃないかな」

無邪気な笑顔を向けられ、シャーリーは躊躇いがちに頷く。

「そ、そうよね……」

男の性器を舐めることが好きだったなんて、自分はどれほど淫らな女だったのかと、泣きそうになる。だがそんなことを言ったら、ラルフを困らせるだけだ。

「……ふ……くっん、……んぅ……っ」

淫らな造形をした陰茎の先を、シャーリーは熱い口腔で咥え込む。

「ふ……、く……っ」

両手でそっとラルフの陰嚢《いんのう》を揉みしだきながら、なんどもなんども舌を這わせて、ヌチュヌチュと口腔で扱いた。すると、萎えていた肉棒が熱く憤って勃ちあがっていく。

「……はぁ……ん、んぅ……っ、すご……ぃ……ンンッ」

記憶をなくしているシャーリーには、自分を愛してくれるラルフだけが頼りだった。

ラルフの話では、ふたりは幼い頃から結婚を誓い合った仲だったのだという。そして、本当の意味で結ばれたばかりのときに、不慮の事故でシャーリーが階段から落ちて、記憶を失ってしまったらしい。

数えきれないほど多くの写真を見せられたが、どれもふたりは幸せそうに寄り添って笑っていた。それは、彼の言葉が疑いようもない真実であることの証明に思えた。

『僕のことをシャーリーがぜんぶ忘れてしまったのは悲しいけど……、それなら、また初めから愛し合えばいいだけだよ』

過去の記憶をすべてなくしてしまったシャーリーに、夫のラルフは、とても優しくしてくれている。本当なら、焦り苛立ってもおかしくはない状況なのに。

無理に記憶を取り戻させようとはせず、できる限りのことをしてくれるラルフに、少しでも恩返しがしたかった。だから、どんなに淫らで恥ずかしい行為も、すべて受け入れるように努力している。

ラルフの言いなりになり、男の性器を咥え込み口淫を受け入れるのも、自慰行為を甘受するのも、そのためだ。

ラルフが望むなら、シャーリーはどんなに恥ずかしくて淫らなことでも、喜んで受け入れている。

「ん、んぅ……く……」

喉の奥からジンジンと疼くような感覚が込みあがる。シャーリーの熱く濡れた口腔のなかで、ラルフの固くなった亀頭が舌の上をグリグリと擦りつけてくる。

「……あ、ふ……、んんぅ……」

舌の付け根から溢れる唾液とともに、鈴口から滲み出す先走りを啜り上げ、塩味を帯びた液を飲み込む。唇で奉仕を続けると、感じやすい舌の上を擦られるせいか、いっそう高ぶってしまっていた。ギュッと閉じ合わせた太腿の間で、キュンッと熱く膣奥が疼き始める。たっぷりと溢れた蜜の匂いが鼻孔を擽る。

「書斎のなか、シャーリーのいやらしい蜜の匂いで噎せ返っているね」

クスクスと笑われ、恥ずかしさのあまり泣きそうになった。すると頬を擽られて、顔を上げさせられる。

「……口でするのは、もうやめていいよ。それより早く抱きたいな」

太く憤り勃った肉棒が、シャーリーの口腔から引きずり出された。そして彼女の腕が引かれ、肘かけ椅子に腰かけたラルフと向かい合わせに、足を開く格好で跨がされる。ラルフは熱を孕んだ瞳で、恍惚とした表情を浮かべ、シャーリーを見つめている。

「ん……っ。……はぁ……は……」

その視線に晒されているだけで、彼に縋り付きたい衝動に駆られてしまう。

ラルフが好きで、好きで堪らなかった。

世界中でなによりも、自分自身よりもずっと彼が愛おしくて、眩暈がするほどだ。

「あ……っ、ラルフ……」

早く。一刻も早く。熱く震える肉筒を満たして欲しい。

その気持ちが伝わったのか、ラルフは性急な手つきで、息を乱すシャーリーの下肢に指を這わせた。そして、濡れそぼった入り口を抉ってくる。

「……んぁ……っ！」

ヌルリと内壁に押し込まれた指が、ヌブヌブと抽送を始めると、背筋にまで痺れが駆け抜けていく。

「……ああ。シャーリー。堪らないよ。ヌルヌルしてる。……さっきまでここ、自分の指で慣らしてたんだよね？　だったら、すぐに挿れてもいい？」

シャーリーはガクガクと頷いて、ラルフの固く膨れ上がった肉棒に、自ら腰を摺り寄せる。脈動する熱棒で、貪欲に疼きあがる膣洞を満たして欲しかった。

このまま放置され続けてはきっとおかしくなってしまう。早く、ラルフの熱い昂ぶりでなかを突き上げて欲しい。

「ん、……んぅ……して、してっ」

シャーリーは赤い舌を伸ばしながら、淫らな欲求を口にした。すると、うまく強請《ねだ》れたご褒美とばかりに、甘いチョコレートボンボンを口移しに食べさせられる。

この書斎に入ってすぐのときにも、同じチョコレートを食べさせてもらった気がする。

「シャーリーは、甘いチョコレート、好きだよね。……ほら、ちゃんと飲み込んで……」

アルコールは入っていないようだが、なんだか身体が熱くなってしまう不思議なチョコレートだ。だがそれがなんなのか、うまく考えを纏めることができない。

「……ん、んぅ……っ」

コクリと飲み込むと、なにもかも脱ぎ捨ててしまいたいほど、身体が熱くなった。そして、肌を掠める布地の感触にすら、ゾクゾクと震えてしまう。

「チョコレート、おいしい？」

「ん、……んぅ……おいしぃ……」

優しく尋ねられる言葉に、ガクガクと頷く。

「好き？」

どうして、そんなことを尋ねるのか解らない。今はそれよりも、高ぶる欲求を早く満たして欲しい。

「……す、好き……」

焦れた身体が熱く火照る。このままではおかしくなってしまう。

早く。早く。一刻も早く。ラルフに満たして欲しいのに――。

「僕のことも好き?」

シャーリーは堪らなくなって、ギュウギュウと彼の肩口に縋り付く。ラルフはかけがえのない人だ。チョコレートとは比べものにならないほど、大切に想っている。

「だ、大好き……、ラルフ大好き……」

すると、ラルフの膨れ上がった肉棒が、ヒクついた蜜壺の入り口に押し当てられる。

「ラルフッ、……早く、早くして……」

なにかがおかしい気がした。しかし今のシャーリーは、ただ貪欲に疼く渇望を満たしてくれる熱棒の感触に歓喜するしかない。

「……あ、あ、あぁっ!」

ぬるついた蜜に塗れた肉壁が、固い亀頭を穿たれ、ヌチュヌチュと押し開かれていく。

すると、仰け反ってしまいそうなほどの愉悦が、子宮から脳髄まで駆け抜ける。

「ひっ……んぅ……っ」

快感に膨れたシャーリーの膣肉が、キュウキュウと固い肉竿を締めつけ、その淫らな造形を伝えてくる。シャーリーの熱く濡れた隘路を、脈動する肉棒がズチュヌチュと突き上げては、勢いよく引き抜かれていく。

「……はぁ……っ、んんぅ……っ」

腰を押し回されるたびに、擦られた花芯がジンジンと疼いていた。頭のなかが真っ白になって、理性など焼き切れてしまったかのようだった。

「……あ、あぁ……っ、ラルフ……っ。もっと、グリグリして……ッ」

そうして、シャーリーは喘ぎ混じりの声で、淫らな要求を口にしてしまう。

「いいよ。してあげる」

ラルフは呆れることなく、シャーリーの願いに応じた。彼女の細腰を両手で掴んで、身体ごとグリグリと肉棒を押し回してくる。

「ひぃあっ、あ、あぁ……っ」

ブルブルと身体が震える。シャーリーは自ら求めるように、腰を振りたくり始めた。もっと疼く肉洞を満たさないと、おかしくなってしまう。

胸を襲ってくる焦燥感を、もっと、もっと激しい情欲で埋め尽くして欲しかった。

「……はぁ……、シャーリー、いいよ。いやらしく、うねってて。きゅうきゅう締まって。……気持ちよくて腰がとまらない」

艶めかしい声音で、ラルフが囁く。どちらともなく唇を重ね合わせ、ぬるついた舌を絡み合わせる。激しい口づけに唇の周りが濡れるのを構う余裕もない。

「あ、……く……んぅ……あっ！」

シャーリーは身悶えながら、熱い肉棒を自ら掻き回すように、腰を揺すり立てた。

ラルフの固く膨れ上がった亀頭の根元に、擦りつけられた襞や、引き伸ばされる淫唇が、いっそう疼いて堪らない。

「気持ちいい？　なか、いっぱい突かれるの好き？」

愛おしげに抱き寄せられて、熱い頬を彼に摺り寄せる。たったそれだけなのに、愛しさで胸がいっぱいになった。

「ん、……んぅ……。……好き……好きぃ……っ」

シャーリーは熱に浮かされたように掠れた声を上げる。その声を聞いたラルフは、薄く笑って律動を激しくし、いっそう熱を穿っていく。

「ああ。……良かった。もっと、……もっと、ふたりで気持ちよくなろうね」

ズチュヌチュと激しく肉棒が抽送され始めたとき、シャーリーはラルフの胸に強くしがみついた。蠢動する襞を押し開かれては、引き摺り出されるたびに、どうしようもなく身体が高ぶる。

たっぷりと長い時間をかけて、蜜に塗れた隘路を、強靭な肉棒で掻き回され続けた。

　シャーリーはついに、仰け反りながらガクガクと身体を痙攣させてしまう。

「あ、あ、あぁっ、……ん、んぅ……っ！」

　そして、ビュクビュクと熱い飛沫が最奥に放たれた。

　どっと汗が噴きだし、互いに身体を預ける格好で抱き合う。疲れた身体に触れる体温が心地よくて、ずっとこうしていたいぐらいだ。

　だが、甘い空気を邪魔するかのように、扉をノックする音が響いた。

「お茶をお持ちしました」

　メイドの声だ。

　緊張からシャーリーはギクリと身体を強張らせた。もちろん、ラルフは入室を拒否するものだとばかり考えていた。それなのに彼は、平然とした表情で、信じられない返答をする。

「どうぞ。入っていいよ」

　陰茎は引き抜かれてはいない。身体を繋げたまま動けない状況だ。シャーリーは逃れることもできず、ラルフの胸に顔を埋めた。

　部屋にはきっと噎せ返るほど、性の匂いが充満している。ラルフもそれを解っているはずなのに。

「……っ！」

恥ずかしくて、呼吸の仕方すら忘れてしまっている。ラルフは、そんな彼女の背中を、淫らな手つきで、撫でさすってくる。

「……く……っんぅ……」

絶頂を迎えたばかりの、高ぶった身体は感じやすく、些細な愛撫にすら、反応してしまいそうになる。

「失礼いたします」

紅茶を運んできたメイドも、書斎の状況に気づいたのか、一瞬だけ息を飲む。

しかし、メイドは平静を装い、気づかないふりをすることにしたようだ。

「……ぁ……っ」

そっとメイドを窺うと、なにか物言いたげに、シャーリーを見つめていることに気づいた。淫らな行為を咎めるような視線ではない。

どこか憐れむような、悲しげな眼差しだ。どうして、そんな眼差しを向けるのか、話を聞いてみたかった。だが、こんな姿では、顔を合わせることもできない。

「ありがとう。……もう下がって」

ラルフはメイドに退室を促すと、シャーリーの耳元に甘い声音で囁く。

「使用人の視線なんて、気にしなくていいよ。シャーリーは僕だけを見てくれていればいいんだから」

ギュッと抱きしめてくれる腕が心地いい。しかし、誤魔化されるつもりはなかった。

「……もう……。こんなときに、人を入れるなんて、信じられない……、ばか……」

ポカリと胸を叩くが、力の入らない身体では、声にも迫力はなかった。

しどけなく胸に倒れ込むシャーリーの身体を、ラルフはギュッと抱きしめてくる。

「かわいい……。その顔が見たいから、ついいじわるしちゃうんだよね。ごめん」

チュッと額に口づけられる。くすぐったいのに嬉しくて、シャーリーは拗ねていたことを忘れそうになってしまう。

「キスしようよ。とびきり甘いキスがいいな」

柔らかく唇を塞がれ、シャーリーはなんどもラルフに口づけを繰り返された。

「……ん……ぅ」

ラルフとのキスは、いつも蕩けるように甘く、そして情欲を掻き立てられるほど激しい。シャーリーは夢中になって、舌を絡め、溢れる唾液を啜った。

そうして、満足するまで彼女の唇を堪能した後、ラルフが言った。

「我が儘を言っていい？　シャーリーと僕の子供が欲しいんだ。君にそっくりな女の子がいいな。美しい妻と娘のふたつの花に囲まれた生活って、すごく憧れるから」

とつぜんの申し出に、シャーリーは頬を赤くしてしまう。まだふたりは十七歳だ。子供をつくるには少し早い気がする。だがラルフとの愛の結晶なら、今すぐにでも産みたい気もする。

「もちろん男の子でもいいよ。……僕と君の子が生まれるなんて、奇跡みたいなものなんだから」

愛おしげにシャーリーを見つめながら、ラルフが恍惚とした眼差しを向けてくる。

ラルフはどこか夢を見ているかのような、キラキラとした瞳をしていた。

「奇跡だなんて、大げさよ」

恥ずかしさも相まって、シャーリーはつい目を逸らしてしまう。

「そうかな」

するとラルフは、チュッと柔らかな頬に口づけてくる。

「ええ」

くすぐったさにクスクスと笑うと、ラルフも楽しげに笑んでみせた。

「ふふ。そんなことないと思うけど。……さあ、今日も君を手に入れた幸せをもっと実感させてもらおうかな」

　こんなにも深い愛に包まれている自分は、世界で一番幸せな花嫁だと、シャーリーは嬉しくて堪らない。

「……キス、しようよ」

「うん……」

　恥じらいながらも、シャーリーは小さく頷いた。

　彼との口づけは好きだった。蕩けるように甘美な疼きを与えてくれる。

　なにもかも忘れて、甘い愉悦に身を投げ出したくなるぐらいに、心地いい。

「世界中の誰よりも、愛しているよ。僕はどんなことをしても、絶対にシャーリーを放さないから」

　しかし熱っぽく囁いてくるラルフと口づけを交わしたとき――。

　毒を孕んだ甘い疼きが、ゆっくりと身体を蝕《むしば》んでいくような気がした。

あとがき

はじめまして。二度目以上の方はこんにちは、仁賀奈です。このたびは、ソーニャ文庫様創刊おめでとうございます！　第一弾の作家に呼んでいただきまして、誠にありがとうございます。それを記念して、仁賀奈は初の二冊同時発売となりました。

最初からチャレンジ精神溢れる仕様に、仁賀奈はガクガクと子兎のように怯え震えるしかない状況です。いいんですか!?　こんなことして、本当にいいんですか!?

この本『監禁』は、事件編というか前編という感じになっています。対の本が『虜囚』。どうして奴が、そんな真似をしでかしたのかということが、徐々に壊れていく様子とともに書かれている本です。どちらかだけでも読めるようになっていますが、両方読んでいただくと、より解りやすいかと思います。

そして、賢明な読者様には解っているかと思いますが、ハッピーエンド至上主義の仁賀奈にしては、この『監禁』ラストではふたりが幸せになりきれていない気がされるかと思います。実は本当のエンディングは解決編というか後編となる『虜囚』に書いてあります。甘い後日談も入っていますので、ぜひ読んでいただければと思います。

それはさておき、この『監禁』『虜囚』のテーマは乙女小説にしては一風変わった、純な執着ゆえの狂気です。後編に到っては、ヒーローが徐々にヤンデレ化しています。世間にごく少数いらっしゃる同志が見つけて読んでくださるのを待つような内容。こんなマニアックなレーベルを作ってしまった担当様には、驚愕してしまいます。実に素晴らしい。

あまりの変態さに、変態師匠とお呼びせずにはいられないソーニャ文庫の担当様ですが、細かに直させてくださいとお願いしたところ（自分では解りにくいので）、本当に親身になって確認してくださいました。お手数おかけしてすみません。心から感謝しております！

ちなみにこの本が発行される際には、「私は変態じゃないのに、変態師匠が嫌がる私に無理やりっ！」とあとがきに書こうとしていましたが、自分で言うのもなんですが、とても楽しく原稿を書いていました。今まで隙間から風が漏れていた程度の変態の扉が全開オープンしてきた気がします。

休みを潰すどころか、明け方に働いている担当様からのメールが来た瞬間、仁賀奈のなけなしの良心が土下座をしていました。すいません、すいません、生きていてすいません！

私のような愚鈍な作家を呼んでくださいまして本当にありがとうございました！

次のソーニャ文庫様での刊行本は変態執着でも、もう少し明るく楽しい内容で書くつもりですので、ぜひよろしくお願いいたします。

そして、今回の二冊に挿絵を描いてくださったのは、他社でもお世話になりました、天野ちぎり先生です。本当に美しい挿絵をありがとうございます。

柔らかな肉感、狂気に満ちたり、恥らったりする情感豊かな表情、萌えずにはいられない構図、美しいカラー、なにをとっても、溜息が零れてしまいます。

なにかラフをいただくたびに、感極まって叫び声をあげそうでした（近所迷惑）。天野ちぎり先生本当にありがとうございました。


そして最後になりましたが、読んでくださった皆様ありがとうございます！

いつも腹黒万歳と連呼している仁賀奈ですが、久しぶりに腹の黒い男が書けた気がします！　あまりドロドロとしたものを書かないようにしているのですが、たまにはキャラクターの性格をクローズアップしながら話を進めるのも、物珍しく読んでいただけるのではないかと思って書かせていただきました。いかがだったでしょうか？

ギャグ風のものも、甘いものも、激しいものも、今回のようなちょっと精神的に怖い執着も好きです。もっと色々なお話を読んでいただければと思っています。

どういった方向性のものがお好きか、伝えていただけると大変ありがたいです。

とくにこちらのレーベル様では、ありとあらゆる可能性を試せる場を設けてくださりそうな感じです。ぜひぜひリクエストやご感想などお聞かせ願えればと思います。

年に一回になりつつありますが、ペーパーにてお返事もしています。

それでは、最後に腹黒万歳！　腹黒万歳！　この言葉を叫ぶと、原稿が終わったのだと心から実感することができます（待て）。読んでくださった皆様、本当にありがとうございました。次は、血反吐とともに砂糖を吐きそうなほど甘いお話を書こうかと思っています（血反吐は混ぜるなよ！（笑））。ぜひまた読んでいただければ嬉しいです。

仁賀奈

Sonya
ソーニャ文庫

この本を読んでのご意見・ご感想をお待ちしております。

◆ あて先 ◆

〒101-0051
東京都千代田区神田神保町2-4-7 久月神田ビル7階
㈱イースト・プレス　ソーニャ文庫編集部
仁賀奈先生／天野ちぎり先生

監禁

2013年2月26日　第1刷発行

著　者　仁賀奈《にがな》
イラスト　天野《あまの》ちぎり
装　丁　imagejack.inc
DTP　松井和彌
編　集　安本千恵子
発行人　堅田浩二
発行所　株式会社イースト・プレス
〒101-0051
東京都千代田区神田神保町2-4-7 久月神田ビル8階
TEL 03-5213-4700　　FAX 03-5213-4701
印刷所　中央精版印刷株式会社

ISBN 978-4-7816-9500-6
定価はカバーに表示してあります。

シャーリーの弟、
ラルフ視点のSideB

Sonya ソーニャ文庫

虜囚

今日、僕は義姉の身体を穢すつもりだ。

仁賀奈

Illustrator 天野ちぎり

両親を事故で失い、若くして公爵位を継いだラルフ。
純粋で穢れのない心を持つ姉シャーリーに異常な執着心を抱いていた彼は、彼女に恋人ができたことを知り——。